연애의 이면

문학에서 발견하는
무한한 좌표들,
은행나무 시리즈 N°

연애의 이면

이영훈 소설

은행나무

차례

1

연희는 기다리고 있다. 그것은 쉽지 않은 일이다.

연희 이외에도 카페엔 누군가를 기다리는 사람이 여럿 있었다. 그들 대부분은 핸드폰을 만지작거렸고, 서넛 정도는 잡지나 책을 읽고 있었다. 연희처럼 아무것도 하지 않고 허리를 꼿꼿이 세운 채 입구만 바라보는 사람은 없다. 아무것도 하지 않고 가만히 있는 것은 쉽지 않다. 그 쉽지 않은 일을 연희는 한 시간가량 계속하고 있었다. 지루하거나 조바심이 나진 않는다. 그저 끔찍하게 졸릴 뿐이다. 긴장을 풀고 의자에 몸을 뉘였다

간 순식간에 잠들 것만 같다. 곯아떨어진 모습을 보영에게 보여주고 싶진 않았다. 오늘이 보영을 만나는 마지막 날일지도 모르기 때문에.

보영은 직장 선배였다. 처음엔 같은 부서였지만 얼마 지나지 않아 보영이 부서를 옮기게 됐다. 회사 근처의 음식점에서 시작된 송별 회식은 노래방으로 이어졌다. 부서 사람들은 조잡한 반주에 맞춰 노래를 불렀다. 가슴이 답답했던 연희는 바람을 쐬러 밖으로 나왔다. 거기서 담배를 피우고 있던 보영과 마주쳤다. 연희는 보영에게 다가가 인사했다.

"그동안 수고하셨어요."

연희를 빤히 바라보던 보영이 피식 웃었다.

"수고는 무슨. 쫓겨나는 건데."

제대로 말을 잇지 못하고 눈만 깜박이던 연희에게 보영이 말했다.

"슬슬 승진을 해야 하는 시기인데, 자리가 없잖아. 계속 두려면 직급을 올려야 하고. 다른 부서로 보내는 게 피차 편한 거지. 게다가 과장하고 사이도 안 좋았어."

보영은 담배를 깊이 빨았다가 한숨처럼 연기를 뱉었

다. 어색한 침묵이 흘렀다.

“담배 피우시는 줄은 몰랐어요.”

연희가 말했다.

“아, 냄새 싫어?”

보영은 불이 붙은 담배를 슬쩍 다른 쪽으로 돌렸다.

“아뇨, 그런 게 아니라.” 연희가 서둘러 손을 저었다.

“어울려 보여서요.”

진심이었다. 어린아이가 품는 유치한 동경 같은 것일지도 모르지만 담배를 피우는 보영의 모습은 멋졌다. 어딘지 스산하면서도 어딘가 당당한. 물끄러미 연희를 바라보던 보영이 깔깔대며 웃었다.

“뭐야, 담배가 어울려 보이는 사람이라니. 칭찬이 아니잖아.”

당황한 연희는 손을 모으고 자리에 섰다. 보영이 웃는 얼굴로 연희를 살폈다.

“연희 씨였나?”

연희가 고개를 끄덕였다.

“성이 뭐였지?” 눈을 가늘게 뜨며 보영이 중얼거렸다.

“우예요. 우연희.”

"우연히?" 보영이 다시 깔깔거렸다.

"어릴 적에는 놀림 좀 받았겠다." 손에 들고 있던 꽁초를 바닥에 버리며 보영이 덧붙였다.

"예쁜 이름인데."

연희는 말없이 보영을 따라 웃었다. 보영이 장난스럽게 연희의 팔을 잡아끌었다.

"자기 지금부터는 나랑 놀자."

연희가 대답하기도 전에 보영은 연희의 팔을 끼고 골목 밖으로 걸었다. 두 사람은 노래방에서 한참 떨어진 술집에 자리를 잡았다. 연희가 노래방에 두고 온 짐을 걱정하자 보영은 손을 흔들었다.

"거기 있는 사람들이 다 알아서 챙길 거야. 걱정 마. 그보다." 회식 자리보다 훨씬 더 빨개진 얼굴로 보영이 말했다.

"오늘 자기는 내 이야기 다 들어주기야."

많은 이야기가 쏟아졌다. 화가 나고 슬프고 민망하고 답답한 보영의 이야기들. 보영은 누구에게랄 것 없이 화를 내다가 이유 없이 침울하다가 조짐 없이 울다가 뜻 없이 웃었다. 연희는 가만히 보영의 이야기에 귀를 기울였다. 두 사람의 술자리는 새벽 무렵에 끝났다. 술집을 나와 서늘한 기운이 올라오는 어두운 거리를 걷던 도중 문득 보영이 말했다.

"자기 대단하네."

의아한 얼굴로 연희가 보영을 돌아봤다. 보영이 웃었다.

"내 신세 한탄 지루하지 않았어? 중간에 도망칠 줄 알았는데."

연희는 고개를 저었다. "도망치지 않아요." 미소 지으며 연희가 말을 이었다.

"끝까지 듣지 않는 건 무책임하잖아요."

"그건 결국." 놀리듯 보영이 말했다.

"얘기는 지루했단 거네?"

"아뇨, 그런 게 아니고요." 연희가 서둘러 손을 들어 보였다. "익숙해서요."

"익숙해?"

연희의 얼굴에 가볍게 그늘이 졌다.

"가만히 이야기 듣는 거, 익숙해요."

연희의 말을 들은 보영은 흐음, 하고 숨을 골랐다. 큰 길에서 두 사람은 걸음을 멈췄다. 보영이 손을 들어 택시를 세웠다. 연희를 택시에 태우고 문을 닫으며 보영이 덧붙였다.

"다음엔 자기 이야길 듣자고."

다음날 회사에서 연희는 놓고 갔던 가방을 되찾았다. 어딜 갔던 거냐는 가벼운 핀잔이 돌아왔고 연희는 대답 대신 얼굴을 붉히며 웃었다. 자리에 돌아와 가방 속의 핸드폰을 꺼내 확인하자 모르는 번호로 문자가 와 있었다. 보영의 연락이었다.

주말에 시간 어때?

주말에 두 사람은 또 술을 마셨다. 많은 이야기가 오고 갔다. 처음엔 주저하던 연희도 긴장이 풀리자 더듬더듬 자신의 이야기를 털어놓았다. 전처럼 두 사람은 웃거나 울고 화를 내거나 고개를 끄덕였다. 그 뒤부터 둘은 자주 만나기 시작했다.

보영의 결혼 소식을 제일 처음 들은 것도 연희였다.

"아직 집에도 알리지 않았어." 담배에 불을 붙이며 보영이 말했다.

"말하면 난리 날 테니 그냥 이대로 도망가버릴까 생각 중이야."

보영이 심술궂게 웃었다. 연희는 씁쓸하게 따라 웃었다.

"잘 얘기하면 이해해주시겠죠."

"그럴 일은 없을 거야." 단호하게 보영이 말했다.

"전에 아빠 얘기한 적 있잖아. 내가 학교 다닐 때 시집보내지 못한 걸 천추의 한으로 여기는 사람이야. 계집애가 드세서 좋은 혼처 다 놓치고 밖으로 나돈다나? 그 양반이 다빗을 순순히 반겨줄 거 같아? 당장 머리 깎고 방에 가둘 거야."

연희 역시 보영의 집에서 이 결혼을 쉽게 허락하지 않을 거라고 생각했다. 다빗은 사진작가였다. 스페인 사람이었고 보영보다 두 살이 어렸다. 취재 사진을 찍기 위해 한국에 들렀다가 보영을 만난 다빗은 돌아간 뒤에도 꾸준히 연락을 해왔다. 주로 전화나 이메일을 보냈고 가끔은 자신이 찍은 사진을 엽서로 만들어 부쳤다. 다빗은 서너 달 간격으로 보영을 만나러 왔다. 몇 번 정도 연희는 보영과 함께 다빗을 만났다. 다빗은 연희의 예상보다 키가 작았고, 수염이 무성했다. 연희는 다빗과 말이 통하진 않았지만, 그가 보영을 무척 사랑하고 있다는 것만은 알았다. 보영의 이야기를 들으며 부드럽게 올라가는 그의 입술과 보영이 잠시 자리를 비울 때 그녀의 빈자리를 가만히 바라보는 눈빛과 조심스레 보영의 머리카락을 넘겨주던 그의 손가락을 바라보며 연희는 다빗의 감정이 일시적인 것이 아니란 걸 알았다.

하지만 보영이 다빗의 청혼을 받아들인 것은 의외였다. 다빗의 근거지는 스페인이었고 그와의 결혼은 보영이 자신의 근거를 버리는 것을 의미했다.

"천천히 따져봤어." 보영이 말했다.

"앞으로 살아가면서 다빗만큼 내게 정성을 기울일 사람을 만날 자신이 없더라고."

쑥스러운 듯 혹은 어딘지 씁쓸하게 보영이 웃었다.

"물론 여기 남아도 나쁠 건 없겠지. 적성엔 맞지 않지만 월급은 꼬박꼬박 나오고 엄마랑 아빠는 때마다 선자리를 물어 오거든. 몇 년 정도 일을 하다 질리면 맞선에서 만난 허여멀건 남자들 중에서 제일 착하거나 제일 잘생긴 사람하고 결혼하겠지. 그게 싫은 건 아냐. 하지만." 허공을 보며 보영은 말을 이었다.

"그렇게 결혼할 거라면 다빗하고 하는 것도 나쁘지 않아."

"나쁘지 않아서 결혼하시는 거라고요?"

조심스레 연희가 물었다. 보영이 서둘러 고개를 저었다.

"뭐 그런 이유만은 아니고. 나도 다빗이 좋아." 곧이어 보영의 눈썹이 살짝 찌그러졌다.

"결혼할 만큼인지는 모르겠지만."

"그래도." 못내 아쉬운 듯 연희가 말했다.

"조금 더 기다려보면."

"기다려보면?" 장난스럽게 보영이 되물었다.

"진짜 사랑하는 사람을 만날지도 모르고."

보영이 깔깔거리며 웃었다.

"자기야, 결혼은 사랑하는 사람하고 하는 게 아냐." 웃음을 거두지 않고 보영이 말했다.

"행복할 것 같은 사람하고 하는 거야."

행복할 것 같은 사람. 연희는 다빗을 떠올렸다. 제대로 말을 섞진 않았지만 행동거지만 놓고 보면 다빗은 무척 자상한 남자였다. 행색이나 씀씀이를 보면 벌이도 나쁘진 않은 듯했다. 하지만 연희는 보영의 선택을 선뜻 이해할 수 없었다. 어쩌면 보영이 옳을지도 모른다. 게다가 자신의 생각 같은 것은 보영의 삶에 어떤 영향도 미치지 못한다. 하지만 그래도.

"그것만 놓고 보면 다빗만한 사람은 없어. 스페인은 되게 살기 좋다더라고." 장난스럽게 연희의 코를 손가락으로 톡 건드리며 보영이 말했다.

"물론 자기랑 만날 수 없게 되는 건 아쉽지만."

연희는 코를 만지며 고개를 숙였다.

"아무튼 그렇게 됐어. 당분간은 나도 이런저런 수속 때문에 바쁠 거 같지만 일정이 정해지면 알려줄게. 나가기 전에 꼭 시간 내줘야 해."

연희는 고개를 끄덕였다.

그리고 보영이 한국에서 지내는 마지막 날이 왔다. 지난 몇 주간 연희는 고된 날들을 보냈다. 새로운 프로젝트에 들어가 매일 야근을 했고 일이 끝난 후엔 어머니가 입원한 병원에서 잠을 청했다. 어머니의 병명이 무엇인지 연희는 몰랐고 그것은 의사들도 마찬가지였다. 어쨌거나 어머니는 아버지가 죽은 뒤 줄곧 아픔을 호소했고 주기적으로 입원했다. 어머니의 아픔은 때마다 위치를 달리했다. 때로는 누가 가슴을 쥐어짜는 것 같다가 어떨 때는 무릎이 으스러진 것처럼 힘이 풀렸고 결국에는 바늘로 찌르는 것처럼 머리가 쑤셨다. 입원하라는 진단이 떨어질 때까지 어머니는 병원을 돌아다녔다. 그리고 병실이 잡히면 환자복을 입고 병원 곳곳을 돌아다니며 아픈 사람들을 참견했다.

그런 어머니를 볼 때마다 연희는 생각했다. 어머니의 아픔은 정말로 병 때문인가? 그것은 어쩌면 늙어가는 도중의 자연스러운 과정 같은 게 아닐까. 입 밖에 낸 적은 없지만 연희는 그런 생각을 떨칠 수가 없었다.

어머니가 미울 때도 있었다. 이를테면 당장 어젯밤. 열두 시가 넘어 겨우 일이 끝나 녹초가 된 몸으로 병원에 와 세수만 하고 병실 바닥의 간이침대에 누웠을 때. 설핏 잠이 깬 어머니가 물을 부탁했다. 연희가 몸을 일으킬 때까지 어머니는 연신 짜증을 내며 연희를 불렀다. 물을 건네자 어머니는 퉁명스레 받아든 후 벌컥벌컥 목을 축였다. 힘차게 움직이는 어머니의 목 근육을 보며 새삼스러운 의심이 피어올랐지만 연희는 참았다. 병원과 회사는 멀었고 당장 아침이 되자마자 출근해야 했으며 어머니에게 따져 묻기 위해선 아주 긴 대화를 해야 했기 때문이다. 물을 마신 뒤 어머니는 잠을 청했고 연희 역시 겨우 눈을 붙였다. 새벽 무렵 어머니가 화장실에 가기 위해 연희를 깨울 때까지 연희는 불편한 간이침대에서 몸을 말았다.

그런 생활이 이어지고 있었다. 휴일에도 회사에 나가야 했고, 잠깐 짬이 날 때마다 어머니를 간호했다. 무엇을 간호해야 할지 알 순 없었지만 어머니는 연희가 곁에 있길 원했다. 병원에 앉아 어머니의 말을 받아주는 것은 참을 수 있었지만 잠이 부족한 것은 견디기 어려웠다.

그래도 보영과 만나는 일은 포기할 수 없었다. 과장에게 부탁해 조금 일찍 회사를 나올 수가 있었다. 다음 날은 야근을 피할 수 없겠지만 보영의 배웅만은 꼭 하고 싶었다. 보영은 연희가 유일하게 마음을 터놓을 수 있는 사람이었고 그녀가 떠나고 나면 다시 그런 친구를 사귀기는 어려울 테니까.

카페 문이 세차게 흔들리고 보영이 들어섰다. 주변을 두리번거리는 보영에게 연희가 손을 들어 보였다. 활짝 웃으며 보영이 다가왔다.

"오래 기다렸지?" 자리에 앉아 숨을 돌리며 보영이 말했다. "차 막힐까 봐 일찍 나오려고 했는데 나오다가 엄마한테 붙잡혔어. 어제저녁에 집에 결혼한다고 말했거든."

"어제요?" 연희가 눈을 동그랗게 떴다.

"내일 나가시는 거 아니었어요?"

보영이 어깨를 으쓱거렸다. "언제 말하든 무슨 상관이랴 싶어서 가만히 있었는데 거기서 결혼하고 수속 밟고 그러다 보면 몇 달은 걸릴 거 아냐. 쓸데없이 신경 쓰게 만들고 싶지 않아서 말해버렸어."

"별말씀 없으세요?"

"난리 났지. 십 몇 년 만에 아빠한테 맞을 뻔했다니까. 소리를 고래고래 지르는 통에 덩달아 나도 언성이 높아지고. 딸이 결혼한다는데 뭐 그러냐?" 보영이 킥킥거렸다.

"그렇지만 어쩔 거야? 당장 내일모레 나간다는데. 오늘 밤만 잘 넘기면 돼."

걱정스러운 눈으로 연희는 보영을 바라봤다. 별일 아니라는 듯 보영이 연희의 손을 잡고 흔들었다. 보영의 손은 따뜻하고 축축했다. 그 새삼스러운 감촉에 연희는 보영 이외에 자신이 손을 잡을 수 있는 사람이 없다는 것을 깨달았고, 뒤따르듯 아릿한 기분이 몸에 퍼졌다.

"쓸쓸할 것 같아요." 연희는 무심결에 말했다. 흔들던 손을 멈추고 보영은 연희의 표정을 살폈다. 연희는 가방에서 미리 포장해놓은 선물을 꺼내어 보영에게 건넸다. 물끄러미 자기 앞에 놓인 상자를 바라보던 보영이 눈을 동그랗게 뜨고 말했다.

"뭐야, 난 이런 거 생각도 못했는데."

"별거 아니에요." 살짝 웃으며 연희가 말했다.

"그래도." 못내 미안한 듯 보영은 쓴웃음을 지으며 조심스레 포장을 벗겼다. 안에 든 것은 작은 동전 지갑이었다. 크기에 비해 무척 비싼 물건이었고 지갑 밑에 놓인 카드에는 조그마한 글씨가 빼곡히 적혀 있었다.

카드를 읽은 후 말없이 지갑을 바라보던 보영이 입을 열었다. “고마워.” 지갑을 들어 보이며 보영이 말을 이었다.

“평생 간직할게.”

“그동안 신경써주셔서 감사해요.”

“신경써주긴 무슨.” 민망한 듯 보영은 손을 저었다.

“오히려 그동안 나 따라다니느라 자기가 더 곤란했을 텐데.”

“아니에요.” 연희는 손을 흔들었다. “지난 몇 달 동안 너무 좋았어요. 학교 졸업한 후에는 누구랑 단둘이 시간 보내는 일이 없었거든요. 즐거웠어요. 속에 든 말도 맘껏 할 수 있고.”

“말은 내가 훨씬 많았지.” 무거운 분위기를 띄우려는 듯 보영이 깔깔거렸다.

“나한테 시간 뺏기는 바람에 연애도 못하고, 고생 많았어.”

대답 대신 연희는 보영을 따라 웃었다. 장난스럽게 보영이 말을 이었다.

“그렇지만 이젠 나도 없으니까 따라다니는 남자가 줄

을 설걸? 나랑 다닐 때보다 훨씬 바빠질 테니까 각오해야 할 거야."

연희는 고개를 저었다.

"그럴 일 없어요. 바쁘고 상황도 안 좋고."

보영은 웃음을 멈췄다. 연희의 상황은 잘 알고 있다. 과도할 정도로 연희에게 의존하는 어머니. 싫은 일을 내색하지 않는 연희에게 쏟아지는 비효율적인 일들과 배려 없는 동료들. 참혹한 결과를 남긴 처음이자 마지막 연애.

"그런 게 어디 있어?" 보영이 말했다.

"아무리 바빠도 닥치면 다 하게 돼."

"그럴지도 모르지만." 맥 빠진 얼굴로 연희가 말을 이었다.

"자신이 없어요."

"자신?"

연희는 고개를 끄덕였다. 보영은 연희를 봤다. 가늘게 균형 잡힌 눈과 적당한 각도로 올라간 곧고 작은 코. 도톰한 입술과 희고 매끈한 피부. 눈이 휘둥그레질 정도의 미인은 아닐지 모르지만 분명 예쁜 얼굴이다. 움츠린 어깨 때문에 어딘가 주눅이 든 사람처럼 보이기도 했지만, 어떤 종류의 남자들은 연희의 그런 태도 또한 매력으로 여길 것이다. 실제로 보영 주변의 남자 몇 사람이 진지하게 연희에게 접근했던 적도 있었다. 그럴 때마다 연희는 완곡하지만 확실하게 그들을 무시했다. 보영이 거들어 보기도 했지만 소용없었다.

"못됐다, 정말. 자기가 자신감이 없다고 하면 다른 여자들은 어떻게 살란 거야?" 핀잔처럼 보영이 말하자 연희는 고개를 저었다.

"자신감이 아니라, 자신이요." 연희가 고쳐 말했다.

"제가 부족하고, 뭐 그런 문제가 아니에요. 그냥." 잠시 말을 고르던 연희가 천천히 입을 뗐다.

"참 어려운 것 같아요."

"뭐가?"

이번에는 조금 더 오래 말을 고른 후, "좋아하는 사람을 만나는 것. 그리고." 연희가 답했다.

"그 사람이 저를 좋아하는 것."

한동안 연희를 바라보던 보영이 곁에 둔 가방에서 핸드폰을 꺼내 들었다.

"그런 건 일단 누굴 만나본 다음에 걱정할 문제고."

핸드폰을 귀에 붙이며 보영은 연희에게 손을 들어 보였다. 카페 바깥의 흡연석에서 보영은 누군가와 통화했다. 연희는 그런 보영을 멍하니 바라봤다. 가끔 보영은 연희를 향해 웃음을 지어 보였다. 연희 역시 미소로 화답했지만 웃을수록 마음은 더욱 쓸쓸해졌다. 전화하고 있는 보영은 무척 멀어 보였고 그 모습을 보는 동안 어쩐지 자신이 완벽하게 홀로 남게 된 것 같은 기분이 들었다. 잠시 후 보영이 돌아왔다.

"얘기가 잘 됐어. 며칠 내로 연락 올 거야."

연희는 의아한 눈으로 보영을 바라봤다. 장난스럽게 웃으며 보영이 말을 이었다.

"자기, 남자 만나라. 내가 알고 있는 남자 중에 제일 괜찮은 사람이야. 내가 준비한 선물이라고 생각하고 일단 만나 봐."

머뭇거리는 연희의 손을 보영이 잡았다.

"진짜야, 속는 셈 치고 한 번만 만나보라고. 그 남자, 키 크고 직업도 괜찮아." 다짐하듯 보영이 잡고 있던 연희의 손을 흔들었다.

“정말로 완벽하다니까.”

보영의 말에 못 이겨 연희는 고개를 끄덕였다.

2

연락이 온 것은 보영이 출국한 다음날이었다. 저녁을 먹고 야근을 위해 회사로 돌아가던 참이었다. 핸드폰이 울려 확인해보니 저장되지 않은 번호가 떠올라 있었다. 짐작이 갔다. 잠시 주저하다 연희는 전화를 받았다.

"우연희 씨?" 남자의 목소리가 흘러나왔다.

"통화, 괜찮으신가요?"

낮고 무거운 목소리에 진지하고 느린 말투였다. 네, 네 하고 연희는 대답했다.

"전화번호를 받은 사람입니다." 아주 잠시 말을 멈췄다가 "만나고 싶습니다." 하고 남자가 말했다.

묘하게 매끄러우면서도 어딘지 조심스러운 말투였다. 남자의 조심스러운 태도에 마음이 얼마간 놓였다. 연희는 네, 네 하고 답했다.

"언제가 좋으세요?"

연희는 회사의 일정을 떠올렸다. 주말까지 끝내야 할 업무가 있었다. 일이 밀린다면 휴일에 출근할 수도 있었다. 쉽게 약속 날짜를 잡을 수 없었다. 하지만 일이 바쁘다고 말하면 만나기 싫어 핑계를 대는 것처럼 여기지 않을까. 대답을 망설이고 있을 때, "지친 목소리군요." 하고 남자가 말했다.

"바쁘신가요?"

남자의 물음에 연희는 걸음을 멈췄다. 남자의 말처럼 연희는 무척 지치고 바빴다. 연희는 천천히 입을 열었다.

"일이 많아서요. 확실히 약속을 잡을 수가 없어서." 연희는 말끝을 흐렸다.

흐음, 하고 숨을 고른 후 "그렇다면." 하고 남자가 말했다.

"기다리죠."

그것은 이상한 대답이었다.

"기다려요?" 연희는 되물었다.

"괜찮은 시간을 기다리겠습니다." 여전히 매끄럽지만 약간은 단호한 말투. 조금 불편한 마음이 들었을 때, "편하게 만날 수 있을 때, 언제든 연락 주세요." 한결 부드러운 목소리로 남자가 말했다.

"기다리죠."

불편한 마음은 녹고 미안한 기분이 들었다.

"확실한 건 아니지만." 연희는 서둘러 말했다.

"일요일 저녁에 시간이 될 것 같아요." 필요 이상으로 까다롭게 구는 것만 같아 연희는 민망했다.

입을 다물고 있던 남자에게서 가볍게 바람이 새는 것 같은 소리가 들렸다.

"알겠습니다. 일요일 저녁." 남자는 웃고 있었다. "장소는 어디가 편하신가요?"

회사에 출근할 가능성이 컸다. 연희는 회사 근처의 번화가 이름을 댔다.

"거기라면 괜찮은 곳을 알고 있죠." 남자가 회사 근처의 커피숍 이름을 댔다. 연희도 아는 곳이었다.

"미리 가 있겠습니다. 일요일 저녁에."

남자는 그럼, 하고 인사했다. 연희가 전화를 끊으려고 했을 때, "연희 씨." 남자가 덧붙여 말했다. 연희는 핸드폰을 귀에 댔다. "몸조심해요." 다시 바람이 새는 것처럼 남자가 웃었다.

"지치지 않게."

전화가 끊어졌다. 한참 동안 연희는 그 자리에 서 있었다. 이상하리만치 부끄러운 기분이 들었고 얼굴이 달아올랐다. 아주 오랜만에 가슴이 가볍게 두근거리기도 했다. 떨리는 손으로 핸드폰을 집어넣으며 연희는 지금의 동요가 어디에서 온 것인지 가늠해 보았다. 낯선 사람과 통화했기 때문인가? 분명 그런 탓도 있을 것이다. 하지만 그것만으론 두근거림을 설명할 수 없었다. 몇 분간 생각을 거듭했지만 연희는 이유를 알 수 없었다. 설렘은 곧 가라앉았고 연희는 회사에 돌아와 남은 일을 했다. 일을 마치고 어머니의 병실에 닿자 자정이었다. 대수롭지 않은 수발을 들고 어머니의 신경질적인 푸념에 고개를 끄덕인 후 간이침대에 몸을 뉘었다. 얇은 모포를 덮고 눈을 감았을 때 남자의 목소리가 떠올랐다. 부드럽고 약간은 이상한 대답.

'기다리죠.'

연희는 감았넌 눈을 떴다. 다시 가슴이 두근거렸다. 연희를 흔든 것은 남자의 그 말이었다. 기다리겠다는 말을 연희는 아주 오랜만에 들었다. 아니, 오랜만이란 말은 정확하지 않을 것이다. 누군가를 기다리는 것은 언제나 연희의 몫이었다. 곰곰이 따져 봐도 기다리겠다고 말한 사람을 떠올릴 순 없었다. 남자는, 연희의 삶 속에서 처음으로 기다린다고 말한 사람이었다.

며칠간 연희는 정신없이 일했다. 토요일에도 출근했고 야근은 불가피했으며 일요일에도 일을 해야 했다. 한숨을 쉬며 쌓인 일을 정리하고 있을 때 문자 메시지가 왔다. 메시지는 딱 일곱 글자였다.

내일 저녁에 봐요

저녁? 저녁이란 건 대체 몇 시쯤일까. 그때까지 연희는 남은 일을 끝낼 수 있을까. 주저하다 연희는 답문을 보냈다. 저녁 언제쯤 뵐까요.

메시지가 송신되자마자 바로 새 문자가 왔다.

연희 씨가 도착할 때까지

그리고 곧바로 다음 메시지.

기다리겠습니다

한참 동안 연희는 핸드폰을 들여다봤다. 여전히 이상한 말이었지만 묘한 기대감이 일었다. 뭔가 친절하게 말을 붙여야 한다는 생각이 들기도 했지만 그러기엔 아직 조심스럽고 불안했다. 알겠습니다, 라고 메시지를 보낸 후 연희는 다시 일에 집중했다. 연희는 기다리는 일에 대해 잘 알고 있었고 남자를 너무 오래 기다리게 하고 싶지 않았다. 그러려면 모쪼록 조금이라도 더 많이, 일을 해놓아야 했다.

하지만 소용없었다. 토요일 늦은 밤과 일요일 아침을 꼬박 바쳤지만 연희에게 남은 일은 도무지 끝날 기미가 보이지 않았다. 점심을 먹고 나서 연희는 약속을 미룰 결심을 했다. 첫 만남부터 삐걱거리는 것이 좋지 않다는 것은 알고 있었다. 그러나 다른 방법이 없었다. 될 수 있는 한 정중히 연희는 약속을 미뤄야겠다는 문자를 보냈다. 길고 장황한 사과와 함께, 연희는 부끄러움을 참고 자신 역시 오늘의 만남을 기다리고 있었고 약속을 미루게 된 것이 아쉽다는 말을 덧붙였다. 괜히 요란을 떠는 것이 아닌지 걱정됐지만 남자가 자신을 피한다고 오해하는 것은 싫었다. 연희의 문자를 보내자마자 기다렸다는 듯 답문이 왔다.

다른 이유가 있는 게 아니라 정말로 일이 많아서 그런 거라면 늦게라도 만나고 싶습니다

몇 번이고 연희는 남자의 문자를 되풀이해 읽었다. 마음에 걸리는 부분이 있었다. 우선, 다른 이유. 말을 덧붙인다면 그야말로 남자는 다른 이유가 있는 거라고

생각하지 않을까. 그다음은 늦게라도. 늦게, 라고 한다면 대체 어느 정도의 시간을 뜻할까. 아홉 시? 열 시?

완고하고 끈질긴 태도였다. 다른 경우라면 벌써 겁이 나거나 불쾌했을 것이다. 그런데 어이없게도, 연희는 남자의 집요함에 안도하고 있었다. 연희는 답장을 보냈다. 아주 늦을 수도 있어요. 바로 남자의 메시지가 돌아왔다.

기다리죠

다시 마음이 놓이고 연희는 일을 시작했다. 너무 늦지 않는다면 남자를 볼 수 있을 것이다.

여섯 시가 넘어 남자에게 전화를 해야겠다고 생각했을 때, 뒤늦게 회사에 들른 팀장이 연희를 불렀다. 팀장은 한 시간이 넘게 연희가 맡은 업무에 대해 보고받은 뒤 연희에게 남은 몇 시간 동안 급하게 처리해야 할 일 몇 가지를 지시했다. 숫제 자신의 노트북을 연희의 옆에 깔아놓고 팀장은 쉴 새 없이 연희에게 이것저것을 한꺼번에 지시했다. 팀장은 아홉 시가 넘어서야 돌아갔고 그 뒤에도 연희에겐 당장 끝내야 할 몇 시간짜리 일거리가 남아 있었다.

연희는 핸드폰을 확인했다. 남자에게서 연락은 없었다. 그는 아직 기다리고 있을까? 마지막으로 문자를 주고받은 것은 여덟 시간 전이었다. 만나본 적 없는 사람을 말없이 기다리는 시간의 한계는 어느 정도인가? 당장 연희 자신만 해도 이런 경우 세 시간 이상 상대를 기다릴 자신은 없었다. 확인하는 것은 간단하다. 당장 문자를 보내거나 전화를 하면 된다. 하지만 그랬을 때 남자가 연락을 받지 않는다면 그때의 실망감을 이겨낼 자신이 없었다. 가만히 연희는 핸드폰을 뒤집어놓고 남은 일을 해나갔다.

자정이 넘어서야 연희는 회사를 나섰다. 기대 같은 것을 품기에 연희는 너무 지쳐 있었다. 약속장소인 커피숍은 몇 시까지 열까. 늦게까지 영업을 한다 해도 열두 시를 넘지는 않을 것이다. 하지만 그래도.

연희는 커피숍을 향해 걸음을 옮겼다.

다른 가게들은 모두 불이 꺼져 있었다. 그 가운데 커

피숍만이 등대처럼 불을 밝히고 있었다. 연희는 입구에서 커피숍 안을 살폈다. 가게 깊숙한 곳의 소파에 남자가 등을 돌린 채 앉아 있었다. 꼿꼿이 허리를 편 남자의 등을 본 순간 연희는 그가 자신을 기다리는 사람이란 것을 알았다. 선뜻 안으로 들어설 수 없었다. 머뭇거리고 있을 때 남자가 뒤를 돌아봤다. 문 앞에 서 있던 연희를 발견한 남자는 천천히 자리에서 일어섰다. 남자가 연희에게 다가왔다. 연희는 그대로 얼어붙었다. 열 걸음 정도 걸어온 남자가 문 앞에 섰다.

보영의 말처럼 남자는 키가 컸다. 멋대가리 없이 길거나 덩치가 큰 것이 아니라 호리호리하고 훤칠한 인상이었다. 약간 마른 체구였지만 곧고 단정하게 몸을 뻗은 자세 덕분에 어쩐지 여유가 있어 보였다. 남자는 착 달라붙은 검은 슈트에 검붉은 넥타이를 살짝 헐겁게 매고 있었다. 쌍꺼풀은 없었지만 눈매는 시원스러웠다. 곧게 뻗은 코 아래에 잘 정돈된 입술이 굳게 닫혀 있었다. 단순하게 정리하자면 남자는 깜짝 놀랄 만큼 잘생긴 사람이었다. 누군가 공들여 깎아놓은 것 같은 미남. 하지만 남자에겐 그저 미남이라고 정리할 수 없는 묘한 긴장감이 돌고 있었다. 어딘지 모르게 단단하고, 지독히 날렵한 인상.

뚫어져라 연희를 바라보던 남자가 픽 웃음을 흘렸다. 남자의 눈이 기분 좋은 곡선을 그렸다. 그리고 남자는 툭 고개를 숙여 인사했다. 연희는 인사를 받는 둥 마는 둥 주춤거렸다. 남자가 문을 당겨 열었다. 연희는 조심스레 커피숍에 들어섰다. 비로소 둘은 서로를 마주 봤다.

"아쉽군요." 손목에 찬 시계를 살피며 남자가 말했다.

"가능하다면 약속한 날 만나고 싶었는데 말입니다." 남자는 웃는 얼굴로 연희를 바라봤다.

"자정이 지났으니 약속 날짜를 맞추지 못했습니다."

당황스러운 기분에 연희는 얼굴이 붉게 달아올랐다. 사과하려 했을 때, "미안합니다." 남자가 먼저 말했다.

남자의 앞선 사과에 연희는 돌연 불안해졌다. 이것은 일종의 비꼬는 말이 아닐까? 너무 오래 기다리게 한 것에 대한 반어법. 그러나 남자가 바로 말을 이었다.

"괜한 고집을 부린 것 같아 한참 후회했습니다." 다시 남자가 목을 숙였다. 더 깊이, 공손히.

"제가." 연희는 황급히 말했다.

"제가 오히려 더, 그러니까 일이 이렇게 계속될 줄은, 아니, 일이 많다는 건 알았지만." 두서없는 말들이 맥락 없이 흘러나왔다.

"그런데 연락할 시기를 놓쳐서, 그러다 보니 더 연락 드리기가 어려워서, 이렇게 오래 기다리실 줄은 몰라서." 말하고 나서 보니 제대로 된 사과는 하나도 없었다.

연희는 잠시 입을 다물고 숨을 가다듬었다. 무척 미안했고 그 때문에 더욱 부끄러웠다. 하지만 아무리 부끄럽다 해도 확실히 사과해야 했다. 남자는 너무 오래 기다렸다.

"이렇게 오래 기다리실 줄은 몰랐어요. 정말 죄송합니다." 가까스로 연희는 말했다.

동시에 연희는 되짚어 생각했다.

정말로 남자가 이렇게 오래 기다릴 거라고 생각하지 못했나? 그렇다면 이렇게 늦은 시간에 굳이 이곳에 들를 이유가 없다. 어쩌면 연희는 남자가 아무리 시간이 걸리더라도 자신을 기다려주길 바란 것이 아닐까. 거기까지 생각이 미치자 연희는 더욱 할 말이 없었다. 둘은 어색한 마음으로 입을 다물었다.

"하지만 제가 기다리겠다고 했죠." 침묵을 깬 것은 남자였다. 남자는 대수롭지 않다는 듯 가볍게 손을 들어 올렸다.

"그러니 괜찮습니다."

"그래도 이렇게 오래." 연희는 말끝을 흐렸다.

"오래라." 음미하듯 남자가 중얼거렸다. 연희는 남자를 봤다.

"어느 정도의 시간을 오래라고 하나요?" 갑자기 남자가 물었다. 네? 하고 연희는 되물었다.

"한 시간 혹은 두 시간입니까?" 남자가 웃었다.

"아니면 십 년이나 이십 년?" 쿡쿡거리며 남자는 말을 이었다.

"그건 상대적인 겁니다. 얼마나 오래, 같은 건 중요하지 않아요. 문제는 어떻게, 죠."

어떻게? 뜻 모를 말이었다. 연희는 남자의 표정을 살폈다.

"어떻게, 어떤 방식으로." 속삭이듯 남자가 말했다.

"뭐, 말은 그렇게 했지만 기다리는 것은 기다리는 수

밖에 없는 거니까 굳이 따지자면 어떤 마음으로 기다리느냐의 문제이겠군요." 남자는 오른손으로 왼쪽 어깨를 주무르며 천천히 목을 돌렸다.

"그 이외의 것들은 무의미합니다." 손을 내리고 남자는 이전과 같은 꼿꼿한 자세로 돌아갔다.

연희는 멍하니 남자를 봤다. 남자의 단정한 태도는 어쩐지 마음을 편하게 했다.

"어떤 마음이셨어요?" 생각지도 않았던 질문을 연희는 입에 올렸다.

"어떤 마음이었을까요?" 남자가 되물었다.

"화가 났다거나." 조심스레 연희는 말했다.

"짜증이 나고 불쾌했다거나."

"셋 다 같은 말 아닌가요?" 놀리듯 남자가 말했다. 연희는 아, 하고 말을 삼켰다. 남자가 다시 웃었다.

"화가 나거나 짜증이 나거나 불쾌했다면 돌아갔겠죠." 손을 저으며 남자가 말했다.

"전혀 아닙니다."

"하지만 너무 오래 기다리시면 화가 나는 게 당연하고." 작은 목소리로 중얼거리는 연희를 향해 남자가 살짝 고개를 뺐었다. 장난스러운 남자의 태도에 연희는 제대로 말을 끝내지 못했다.

"연희 씨." 남자가 부드럽게 연희를 불렀다. 연희는 퍼뜩 남자를 바라봤다. 까맣고 커다란 눈동자가 흔들림 없이 똑바로 연희에게 고정되어 있었다. "어째서 기다리는 일이 화가 나는 거라고 생각하죠?"

연희는 대답할 수 없었다. 남자는 고개를 저었다.

"기다리는 것 때문에 기분이 나빠진다면 그건 둘 중 하나입니다. 기다리는 자신이 싫거나, 기다리는 상대가 싫거나." 슬며시 눈을 감았다 뜬 후 남자가 말했다.

"저는 둘 다 아니니까 전혀 화가 나지 않았습니다."

남자가 미소 지었다. 아무런 그늘 없는 밝고 화사한 웃음. 그제야 연희는 마음이 놓였고 뒤따르듯 가슴이 뛰었다.

"하지만." 뒤를 돌아보며 남자가 말했다.

"계속 여기에 있는 건 무리로군요. 이미 마감 시간을 한참 넘겼으니까요."

"마감을 넘겼어요?" 놀란 연희가 말했다. 남자가 고개를 끄덕였다.

"영업은 두 시간 전까지였습니다."

연희는 가게 안을 둘러보았다. 확실히 손님은 자신과 남자 둘뿐이었다.

"그런데 어떻게 아직까지?"

"눈물을 뚝뚝 흘리며 부탁했죠. 제발 가게를 닫지 말아달라고."

동그랗게 커진 눈으로 연희는 남자의 얼굴을 살폈다. 장난스럽게 웃으며 남자가 연희의 어깨 뒤쪽을 손가락으로 가리켰다. 남자가 가리키는 쪽을 봤다. 길 쪽에 커피숍의 유니폼을 입은 점원 하나가 가게 안을 살피고 있었다.

"오늘은 돌아가죠." 남자가 문 쪽으로 나섰다. 조심스레 연희를 지나친 후 남자는 문을 열었다. "이 이상 저 사람을 기다리게 하는 건 실례입니다."

연희는 조심스레 몸을 돌려 남자가 열어준 문을 나섰다. 두 사람이 가게를 빠져나오자 점원이 다가왔다. 남자를 향해 점원이 고개를 숙였고 남자 역시 까딱 목을 기울였다. 두 사람이 길에 나서자 골목에서 택시 한 대가 나왔다. 남자가 말했다.

"너무 늦은 시간이라 더 붙잡을 수가 없겠네요." 택시의 문을 열어 주며 남자가 말했다.

"그래도 만날 수 있어서 다행이에요."

가슴 한쪽이 몹시 시렸다. 부끄럽거나 미안한 것과는 조금 다른 기분. 그러니까 아주 즐거운 놀이가 도중에 멈추거나 재미있는 영화를 중간에 꺼버려야 할 때와 같은 아쉬운 느낌. 그래도 연희는 남자가 이끄는 대로 택시에 올랐다. 다리를 넣고 의자에 앉았을 때 갑자기 생각이 났다. 문을 닫으려는 남자를 향해 연희가 몸을 틀었다.

"이름을." 속삭이듯 연희가 물었다. 제대로 듣지 못한 모양인지 남자는 연희를 살폈다.

"이름을 알려주세요." 다시 한번 애써 힘을 주어 연희가 물었다. 멍하니 연희를 바라보던 남자가 이를 드러내며 웃었다. 닫으려던 문을 잡고 남자가 한껏 몸을 숙였다.

"연호." 경쾌하게 말한 후 "유, 연, 호." 남자는 한 자 한 자 힘을 주어 자신의 이름을 발음했다.

"그런 이름입니다. 도착하게 되면 연락 주세요. 다음

약속을 잡죠." 남자가 택시의 문을 닫자 차가 출발했다.

차 안에서 연희는 연호 쪽을 돌아봤다. 연호는 그 자리에 그대로 서 있었다. 아주 멀리 작아지고 다른 자동차와 도로의 불빛에 그 모습이 가려질 때까지 줄곧, 그대로.

3

연희와 연호는 수요일에 다시 만났다. 약속 장소는 같은 커피숍이었고 이번에는 다행히 늦지 않았다.

연희가 커피숍에 들어서자 연호는 자리에서 일어섰다. 연호의 옷차림은 전과 비슷했다. 검은 슈트에 붉은 넥타이. 그러나 같은 옷은 아니었다. 슈트는 전에 비해 약간 더 매끄러운 재질이었고, 넥타이엔 얇은 줄무늬가 들어가 있었다.

연희가 연호 앞에 섰다. 연호가 씩 웃었다.

“우연희 씨.” 연호가 연희를 불렀다.

어쩐지 헛웃음이 나와 연희는 고개를 숙였다.

“차보다는 식사를 해야 할 것 같군요.” 의향을 묻듯 연호가 연희를 바라봤다. 연호의 말대로 연희는 배가 몹시 고팠다. 두 사람은 커피숍을 나섰다.

연호는 근처에 세워 둔 자신의 자동차로 연희를 데려갔다. 연호의 차는 하얀색의 세단이었다. 차에 대해 잘 몰랐지만 하루에도 몇 번씩 볼 수 있는 흔한 차였다. 연호가 문을 열어주었다. 앉자마자 새 차에서 나는 독특한 냄새가 훅 끼쳐왔다. 차에는 아무런 장식도 되어 있지 않았다. 운전대를 잡은 연호는 연희를 향해 어깨부터 대각선 아래로 손을 흔들었다. 연희는 부랴부랴 안전벨트를 맸다. 연호가 차를 출발시켰다.

낯선 사람, 그것도 남자와 좁은 공간에 단둘이 있는 것은 연희에게 무척 오랜만이었다. 좀 더 정확히는 마지막 연애 이후 처음이었다. 문득 연희는 마지막으로 남자와 단둘이 시간을 보낸 일을 떠올렸다. 열네 시간 동안 방에 갇혀 있던 날. 엉망으로 얻어맞다 잠시 정신을 잃었는데 눈을 떠보니 코에서 쏟아진 피가 바닥에 동그랗게 엉겨붙어 있었고……

고개를 흔들며 연희는 연호에게 말했다.

"새로 산 차인가봐요."

"정확히 오늘 점심에 넘겨받았습니다." 연호가 말했다.

"전에 타던 차는 너무 작아서 불편했거든요."

연희는 고개를 끄덕였다. 새로 산 차여서 그런지 더욱 긴장이 됐고 특별히 건넬 만한 말도 떠오르지 않았다.

"우리, 이름이 비슷하죠?" 연호가 말했다.

"우연희, 유연호." 연호가 소리 내어 이름을 불렀다.

연희는 그렇네요, 하고 대답한 후 입을 닫았다. 뭔가 덧붙일 말이 필요했지만 그럴수록 마음은 점점 더 무거워졌다.

"무슨 연인가요?" 연호가 말했다. 연희는 연호를 봤다. 연호는 가볍게 입을 벌려 "연" 하고 발음한 후 물었다.

"어떤 한자입니까?"

생소한 질문이었다. 연희는 자신의 이름이 어떤 한자로 구성되어 있는지 떠올려보았다. "제비 연인 것 같아요."

"제비 연? 특이하군요."

"특이해요?"

남자가 고개를 끄덕였다.

"일반적으로 여성의 이름에는 조금 다른 한자를 쓰죠." 수를 헤아리듯 운전대 위에 올린 손의 손가락을 툭툭 놀리며 연호가 말을 이었다. "고울 연, 예쁠 연, 연꽃 연." 연호가 피식 웃었다.

"좀 시시하다는 생각이 들지 않나요? 그런 이름은. 곱거나 예쁘거나 꽃이라는 건."

연희는 아무런 대답도 할 수 없었다. 시시하다, 라는 연호의 말이 어쩐지 자신을 지칭하는 것만 같아서 약간 우울한 기분이 들었을 때, "그에 비하면." 연호가 말했다.

"제비 연은 좋군요." 연호가 연희를 돌아봤다.

"어울립니다."

"어울려요?"

연호가 고개를 끄덕였다. "부지런한 새죠. 쉼 없이 날아다니고, 먹이를 낚아챌 때도 비행 도중이죠. 땅에 내려오는 경우는 극히 드물다고 합니다." 연호가 연희를 돌아봤다. "멋지지 않나요? 줄곧 하늘에 머무른다는 건."

연호가 싱긋 웃었다. 연희는 따라 웃었다.

"다행이군요." 연호가 말했다.

"오늘 처음으로 웃었어요."

연희의 얼굴에서 다시 웃음이 가셨다. 의식하지 않으려 해도 연희는 자신이 긴장했다는 사실을 새삼 깨달았다.

"그러고 보니 푸치니의 오페라 중에도 제비란 제목이 있었던 것 같군요." 슬쩍 연희의 표정을 본 후 연호가 말했다.

"꽤나 아름다운 아리아가 등장하는 작품입니다." 들릴락 말락 연호가 조그맣게 콧노래를 부르기 시작했다. 아마도 그 아리아의 한 대목인 것 같았다. 연희는 들어본 적 없는 노래였다.

"어떤 내용인가요?" 연희가 물었다.

"사랑 이야기입니다. 여자와 남자가 만나고 헤어지는." 연호가 말을 이었다.

"결말이 흥미롭죠. 결별을 고하는 것은 여자 쪽인데, 버려지는 것도 여자인 것 같은 기분이 들거든요." 잠시 뜸을 들이고 한숨처럼 연호가 말했다.

"복잡한 이야기죠."

차가 신호에 걸렸다. 연호가 운전대에서 손을 놓고

몸을 뒤로 젖혔다.

"태양을 향해 제비가 날아가듯 당신은 사랑을 좇는 사람입니다." 자동차의 천장을 보며 연호가 중얼거렸다. 연희는 연호를 봤다. 연호가 미소 지었다.

"제비의 대사입니다. 주인공을 이르는 말이죠. 태양을 향해 날아가듯, 사랑을 좇는 사람."

신호가 바뀌고 차가 출발했다.

"제비에 대해서 잘 아시네요." 무난하게 붙일 말을 찾던 끝에 연희는 겨우 입을 열었다.

"아뇨. 얼마 전까지는 남들이 아는 정도였죠." 연호가 연희를 돌아봤다.

"알아봤습니다."

한순간 연희는 연호의 말을 이해할 수 없었다. 알아봐?

단정한 연호의 입술이 길게 갈라져 올라갔다. 연호는 밝게 웃고 있었다. 하얗게 드러난 앞니가 보기 좋았다.

"실은요." 조심스레 연호가 말했다.

"곱거나 예쁘거나 연꽃에 대해서도 알아봤습니다." 연호의 얼굴에서 미소가 가셨다.

"연희 씨의 이름에 들어가는 한자가 어떤 의미일지 궁금해서."

멍하니 연희는 연호를 봤다. 장난인지 진심인지 알 수 없는 표정. 연호의 얼굴엔 웃음기가 가셔 있었다. 연희는 연호가 장난이 아니라는 것을 알았다.

"불쾌하다면 사과드리죠. 하지만 알아두면 말을 붙일 때 편할 것 같아서요." 살짝 고개를 숙였다 들고 연호는 말을 이었다. "제비 연일지도 모르겠다는 생각이 들었는데, 역시 오페라를 봐두길 잘했군요."

"굳이." 당혹감에 연희는 겨우 입을 열었다.

"찾아보신 건가요?"

겸연쩍은 듯 연호가 고개를 끄덕였다. "굳이, 찾아볼 정도로 오페라를 좋아하진 않습니다."

말을 마친 연호는 입을 다물고 운전에 집중했다. 둥둥 떠내려가듯 불안한 맘으로 조수석에 앉아 연희는 연호의 행동에 대해 생각했다. 당황스러운 일이었다. 뒷조사 같은 것을 한 건 아니더라도 찜찜하다. 자신도 모르는 사이에 뭔가를 침범당한 기분. 동시에 온통 당황스럽기만 한 것은 아니었다. 처음엔 아주 약간, 묘한 떨림 같은 것이 있었다. 그리고 되짚을수록 자신의 이름에 대해 고민하는 연호가 떠올랐고 그럴 때마다 떨림은 점점 커져갔다.

차가 음식점에 도착했을 때 연희의 당혹감은 설렘으로 완전히 뒤바뀌어 있었다.

음식점은 시내 한복판 주택가의 구불구불한 골목 끝에 있었다. 묘하게 근사하고 고풍스러운 나무 간판이 달린 레스토랑이었다. 편의점과 세탁소 사이에 자리한 음식점은 돌연했다. 마치 순서를 지키지 않는 손님이나, 바다 밑에 숨어 있다 배의 밑바닥을 긁는 암초 같았다. 말쑥한 유니폼을 입은 점원이 입구에 서 있었다. 연호가 들어서자 점원은 두 사람을 안내했다.

안은 아늑했다. 아홉 개의 테이블이 놓여 있었고 손님은 연희와 연호 둘뿐이었다. 점원은 잔에 물을 따른 후 허리를 숙여 인사하고 물러났다.

밖은 밤이었고 음식점의 조명은 어두웠다. 노랗고 까맣게 음영이 도드라진 얼굴로 연호가 연희를 바라보며 웃었다.

"못 먹는 음식이 있나요?" 연호가 물었다. 연희는 고개를 저었고 연호는 고개를 끄덕였다.

연희는 테이블 밑에 모은 자신의 손을 만지작거렸다. 다시 만난 후로 연희는 변변한 반응을 보이지 못했다. 호감을 얻기는커녕 줄곧 긴장하고 당황스러운 모습만 보였다. 건네는 말이나 행동 모두 하나같이 다 멍청하고 모자란 것만 같았다.

호감을 얻지 못할까봐 두려운 것은 아니었다. 연호의 호감을 얻는 것은 연희에겐 너무 먼 이야기였다. 그저 연호가 오해하지 않기만을 바랐다. 연호는 최근 몇 년 동안 자신에게 다가온 사람들 중 가장 자상하고 친절했다. 물론 다른 방식으로 자상하고 친절한 사람들도 있었다. 만나자마자 말을 놓거나 손을 잡고 입을 맞추려 했던 사람들. 연호는 그런 사람들과 달랐다. 연희에게 집중하고 있었지만 동시에 충분할 만큼 거리를 지켰다. 그런 연호에게 연희는 일정 이상의 호감을 느끼고 있었다. 하지만 연희는 자신의 소극적인 태도가 상대방에게 거절로 여겨질 수 있다는 것을 알고 있었다. 사실 거절을 해야 할 때 연희는 그런 소극적인 태도를 적극적으로 활용했다. 그러나 호감을 느끼는 상대에게 어떻게 행동해야 하는지 연희는 몰랐다. 연희에겐 그런 것을 배울 기회가 없었다.

불쑥 연희는 점원을 찾았다. 메뉴판을 건네받아 음식을 고르고 먹는 동안에는 특별히 실수하지 않을 수 있을 것 같았다. 점원은 자리에 없었고 홀은 텅 비어 있었다. 이리저리 두리번거리고 있을 때 홀 한쪽에서 두 사람의 점원이 음식을 들고 나타났다. 점원들은 능숙하게 요리를 테이블에 놓은 뒤 다시 어디론가 사라졌다.

주문하지 않은 요리를 바라봤다. 알록달록한 풀과 묘한 빛깔의 소스를 곁들인 가벼운 해산물 요리였다.

"여기는 메뉴판이 없습니다. 매일 다른 요리를 셰프가 정해 내어놓죠." 나이프와 포크를 들며 연호가 말했다.

"딱 맞게 좋아하는 요리가 나오긴 힘들겠지만 특별히 꺼리는 요리가 나오지 않았으면 좋겠군요."

연호처럼 연희도 나이프와 포크를 들고 음식을 잘라 입에 넣었다.

음식은 깜짝 놀랄 만큼 맛있었다. 동그랗게 눈을 뜨고 연희는 음식을 씹었다. 독특하지만 거슬리지 않는

양념이 해산물 특유의 풍미와 잘 어울렸다. 식감도 좋았다. 간은 담백했지만 삼킨 뒤 남는 뒷맛은 묘하게 혀에 감겼다. 자신도 모르게 연희는 중얼거렸다.

"맛있어요."

연호가 웃으며 고개를 끄덕였다.

"다행이군요."

순식간에 앞에 놓인 음식을 먹어치웠다. 기다렸다는 듯 새 요리가 놓였다. 납작한 볼에 담긴 아이보리 빛깔 수프였다. 향이 짙고 짭짤하면서도 달콤했지만 무엇으로 만들었는지 짐작할 수 없었다. 이어서 샐러드가 나왔고 작은 생선 요리가 놓였다.

좋은 음식은 친밀한 분위기를 만든다. 맛있는 것을 함께 먹고 있다는 인식. 혀끝에 도는 기분 좋은 감각과 아련한 향기들. 상대방이 나를 위해 준비하고 제공한 것들에 대한 만족과 고마움. 무엇보다 아주 단순하게, 배를 채운 포만감이 긴장을 풀어주었다.

"자주 오시는 곳이에요?" 한결 가벼운 마음으로 연희가 물었다.

연호는 고개를 저었다. "그러고 싶지만 쉽지 않군요."

슬쩍 손을 들어 주변을 가리키며 연호는 말을 이었다.

"같이 올 사람이 없어서요. 혼자 오기는 좀 그렇잖아요?"

그렇구나, 하고 연희는 속삭였다. 같이 올 사람이 없다는 연호의 말은 어쩐지 쓸쓸하게 여겨졌다. 자신 역시 마찬가지였으므로. 동시에 그 말은 안심이 되기도 했다. 무언가 허락받은 것 같은 기분이 들어서.

"사실은." 남은 생선을 먹으며 연호가 말했다.

"단둘이 밥을 먹는 것은 거의 삼 년 만인 것 같군요."

포크를 놓고 연호가 웃었다.

"정말로요?" 연호의 말을 의심한 것은 아니지만 자신도 모르게 연희는 반문했다. 연호는 고개를 끄덕였다.

"없었거든요." 무심히 말하고, "단둘이 밥을 먹고 싶은 사람이." 연호는 입을 닫았다.

생선을 담은 접시가 치워지고 작지만 두툼한 고기가 놓였다. 나이프를 대자마자 살짝 육즙이 배어 나오는 부드러운 고기였다. 겉으로 보기엔 단순한 스테이크였지만 잘라 입안에 넣자 생소한 맛이 돌았다.

"연희 씨는 어떤가요?" 연호가 물었다.

"단둘이 밥을 먹고 싶은 사람이 있었나요?"

"아뇨." 스스로도 놀랄 만큼 단호한 대답이 나왔다.

"없었어요."

"그럼 단둘이 밥을 먹고 싶어 하는 사람은?"

손을 멈추고 연희는 연호를 봤다.

"많을 것 같은데요?" 빙긋 웃으며 연호가 말했다.

미소 짓는 연호를 보자 연희 역시 웃음이 나왔다. 가벼운 장난을 칠 때처럼 가슴이 졸아들면서도 즐거웠다.

"연호 씨는요?" 연희는 되물었다. 묻고 난 직후 연희는 너무 스스럼없이 연호의 이름을 부른 것 같아 불안했지만, 그런 불안감은 순식간에 녹아 사라지고, 호기심이 남았다.

"많은가요?"

살짝 웃음기가 가신 얼굴로 연호가 말했다. "없지는 않은데." 다시 미소 지으며 연호는 말을 이었다.

"같이 밥을 먹고 싶지 않은 사람들일수록 단둘이 밥을 먹자고 하더군요."

약간 과장하는 듯 딴청을 피우며 연호가 말을 돌렸다. 연희는 다시 장난기가 돌았다.

"그런 사람이 많은가봐요." 연희가 물었다. 멍하니 연희를 보던 연호가 슬그머니 허공으로 시선을 돌렸다.

"없지는 않은데." 연희와 눈을 맞추며 연호가 말했다.

"무의미하죠."

"무의미?"

연호가 고개를 끄덕였다. "무의미합니다. 그런 사람들과 시간을 보내는 것은." 말을 마친 후 연호는 고기를 잘라 입에 넣고 씹었다.

물끄러미 연호를 바라보다 연희는 음식을 먹었다. 좋은 요리였다. 먹을수록 계속 끌리는 맛. 하지만 연희의 머릿속엔 줄곧 연호가 건넨 말이 맴돌았다. 무의미하다.

"몇 번인가 해본 적이 있죠." 접시가 비어갈 때쯤 연호가 말했다. "피할 수 없었던 건 아니지만 해보지도 않고 싫다고 판단하는 건 어리석은 일 같아서. 억지로 누군가와 밥을 먹거나 술을 마셨습니다. 하지만." 의자에 몸을 깊이 묻으며 연호가 말을 이었다.

"언제나 똑같더군요. 달라지는 게 없었습니다."

연호는 연희를 바라봤다. 연희는 연호의 눈을 피하지 않았다. 점원이 다가와 접시를 치웠고, 디저트가 놓였다. 몇 가지 과일로 장식된 젤리와 같은 질감의 셔벗이었다. 셔벗이 녹을 때까지 두 사람은 가만히 서로를 마주 봤다.

"어릴 적에." 의자에 팔을 괸 손으로 관자놀이를 만지작거리며 연호가 말했다.

"초등학교에 다닐 때의 일입니다. 수업시간에 선생님이 재밌는 이야기를 했죠." 연호가 피식 웃었다. "무척 재밌는 농담이었습니다. 아이들은 난리가 났죠. 다들 깔깔거리며 책상을 두들기거나 자리에서 몸을 뒤틀며 구르더군요. 하지만 저는 하나도 우습지 않았습니다." 양 손바닥으로 눈두덩을 누르며 연호는 말을 이었다. "아이들의 소란 속에서 문득 아무 생각 없이 창밖을 봤습니다. 겨울이었고 하늘이 흐렸죠. 침침한 바깥 풍경을 보며 생각했습니다." 연호가 손을 내렸다. 다시 드러난 그의 얼굴은 전처럼 미소 짓고 있었다.

"아마도 나는, 평생 이런 식으로 살아가게 되겠구나." 아무렇지 않다는 듯 연호는 가볍게 손을 벌려 보였다.

"생각해 보면 대수롭지 않은 일이죠. 그냥 분위기를 타지 못했을 뿐입니다. 하지만 괴롭습니다. 남들이 웃을 때 나 혼자서만 다른 생각을 하는 것은. 줄곧 그런 일들이 벌어졌습니다. 친구나 호감을 가진 이성들 앞에서 그들은 웃고, 나는 창밖을 보는 일. 그런 일은."

"쓸쓸하죠." 자신도 모르게 연희는 중얼거렸다. 한순간 연호는 멈칫했다. 그리고 다시 깊게, 웃으며 고개를 끄덕였다.

"쓸쓸하고, 무의미하죠."

연호는 스푼으로 디저트를 먹기 시작했다. 연희도 스푼을 들었다가, 놓으며 "어떤 것이." 하고 연희는 물었다.

"의미 있는 건가요?"

연호의 얼굴에서 미소가 사라졌다. 한순간 텅 비어버린 것 같던 얼굴에 잠깐 복잡한 주름이 잡혔다가 펴졌다. 고개를 숙인 채 연호는 들고 있던 스푼으로 셔벗이 담긴 접시를 괜히 뒤졌다.

"변하는 것." 짧게 연호가 대답했다.

똑바로 연희를 바라보며 연호가 말을 이었다.

"그 지점을 지난 이후에 무언가가 결정적으로 변해버리는 것." 연호는 슬쩍 입술을 들어 웃었다.

"오직 그것뿐입니다."

식사를 마치고 나오자 밤이었다. 연희는 다음날 일찍 출근해야 했다. 그날의 만남은 끝났다.

차 안에서 연호는 주말에 만날 것을 제안했고 연희는 그 제안을 받아들였다.

돌아가는 길의 대화는 즐거웠다. 주로 연호가 만났던 특이한 사람들에 대한 이야기였다. 처음 차에 올랐을 때와는 비교할 수 없을 만큼 가벼운 마음으로 연희는 웃거나 고개를 끄덕였다. 불안함과 긴장은 녹아 사라졌고 좋지 않은 기억을 떠올릴 겨를도 없었다. 차가 연희의 집 근처에 닿았을 때는 이대로 한두 바퀴 정도 동네를 더 돌았으면 좋겠다고 생각할 정도였다.

있을 수 없는 일이었다. 그런 말을 꺼낼 만큼 연희는 대담하지 않았다. 무엇보다 당장 집에 가자마자 어머니의 속옷을 챙겨 병원으로 가야 했다. 병원에서 지내는 동안 어머니는 하루에 두 번씩 속옷을 갈아입었다. 연호에게 부탁한다면 병원까지 태워다주겠지만 어머니에 대한 이야기를 하고 싶지 않았다.

집 앞 골목 앞에서 연호가 차를 세웠다. 기척 없이 연호는 운전석을 나와 조수석의 문을 열어주었다. 연희는 차에서 내려 연호 앞에 섰다.

"그럼." 연호가 낮게 중얼거렸다.

"주말에."

연희는 천천히 고개를 끄덕였다. 연호가 슬쩍 몸을 비켜주었다. 연호의 곁을 지나쳤을 때, 짙고 깊은 향기가 연희의 코에 감겼다.

아찔한 기분이 들었다. 주저하는 걸음 때문이었는지, 연호에게서 배어나오는 내음 때문이었는지, 연희의 발이 엉켰다.

연희가 중심을 잃은 순간 연호가 재빨리 연희에게 팔을 둘렀다. 연호의 팔에 기대어 연희는 가까스로 몸을 세웠다. 더욱 아찔한 기분이 들고. 연희는 서둘러 연호에게서 떨어졌다.

아무렇지 않다는 듯 연호가 웃으며 고개를 까딱 숙였다. 연희는 세차게 뛰는 가슴을 진정시키기 위해 숨을 고르고 연호에게 인사한 후 집을 향해 걸음을 뗐다.

서너 걸음을 걷다, 문득 연희는 돌아섰다.

"의미 있나요?"

작은 목소리로 연희가 물었다. 작고 조심스러운 말이

었다. 처음 만났을 때나 차에 올랐을 때와는 비교도 안 될 만큼 연희는 불안해졌다. 하지만 그것은 피할 수 없는 물음이었다. 두려움을 참으며 연희는 자리에 서서 연호를 바라봤다.

어두침침한 골목 한가운데에 연호가 서 있었다. 뿌연 가로등을 등지고 선 연호의 얼굴에는 복잡한 그늘이 드리워져 있었다. 표정을 알아볼 수 없었다. 자기도 모르게 연희는 연호 쪽을 향해 한 걸음 움직였다.

연호의 목이 까딱, 가볍게 흔들렸다.

"물론입니다."

연호가 뒤로 한 걸음 물러섰다. 가로등 불빛에 그늘이 걷히고 연호의 웃음이 떠올랐다.

"지금 이 순간, 저는 더욱 깊이 변했으니까요."

연호는 손을 들어 인사하고 차에 올랐다.

연호의 차가 골목을 빠져나갈 때까지 연희는 가만히 서 있었다. 연호는 이미 없었지만 코끝에는 여전히 그의 향기가 감도는 것만 같았다. 그때마다 연희는 배 안쪽에서 따뜻하고 부드러운 덩어리가 올라오는 것 같은 벅찬 기분을 가까스로 참아야만 했다.

밤이 깊은 뒤에야 연희는 병원에 닿았다. 코를 골며 자고 있던 어머니는 속옷을 건네는 연희에게 짜증을 냈다.

"뭐 하느라 이제야 온 거니?"

회사 일을 이유로 대자 어머니는 혀를 끌끌 차며 연희가 챙겨온 속옷을 꺼내 들었다. 어머니는 과장된 몸짓으로 절룩거리며 화장실로 갔다. 연희가 부축하려 하자 어머니는 신경질적인 태도로 뿌리쳤다. 병실에 붙어 있던 화장실에서 어머니가 속옷을 갈아입고 있을 때 핸드폰이 울렸다. 연호였다. 병실 밖으로 나가 전화를 받았다.

잠시 숨소리만 들리다가, 연호가 말했다. "중요한 걸 물어보지 못했군요."

연희는 다음 말을 기다렸다.

다시 숨소리가 들리고, "어떻습니까?" 연호가 물었다.

"연희 씨에겐 의미가 있습니까?"

몇 시간 전과는 확연히 다른 목소리였다. 주저하듯, 느리고 조심스러운 목소리. 목소리만으로도 연희는 연호가 긴장하고 있다는 것을 알았다. 연희는 그런 기분을 다른 누구보다도 잘 알고 있었다. 연호가 긴장하고 있다는 것을 깨닫자 연희는 어쩐지 기분이 몹시 좋아졌다.

“물론입니다.” 장난스럽게 연희가 말했다.

잠시 가만히 있다가 연호는 숨을 깊이 들이 쉬었다. 그리고 기침처럼 짧은 웃음을 토했다.

“다행이군요.” 웃음기가 가시지 않은 목소리로 연호가 말했다.

병실 안에서 어머니가 새된 목소리로 연희를 불렀다. 한밤중이었고 다른 환자들이 있었지만 어머니는 그런 것을 신경 쓰지 않았다. 연호의 말이 몇 마디 이어졌지만 연희는 제대로 듣지 못했다.

“연희 씨?” 연희의 대답이 없자 연호가 말했다.

“괜찮아요?”

“죄송해요.” 황급히 연희는 사과했다. 적당히 둘러댈 말을 떠올렸지만 마땅한 핑계가 없었다.

“어머니가 잠에서 깨셨어요.”

솔직한 대답이었지만 부족한 설명이기도 했다. 어머니에 대해 연호가 물어보면 어떻게 하나 연희는 걱정이 됐다.

“그렇군요.” 다행히 연호는 더 캐묻지 않았다.

"그럼 다음에 전화하겠습니다."

연호가 전화를 끊었다. 가슴 한쪽이 차갑게 식은 것처럼 아쉬운 기분이 돌았다. 다시 한번 병실 안에서 어머니가 연희를 불렀다. 서둘러 병실에 들어서자 침대에 걸터앉은 어머니는 깡마른 손가락으로 병실 한쪽의 정수기를 가리켰다. 연희가 컵에 물을 담고 있을 때 어머니가 말했다.

"온수랑 섞어줘. 너무 차면 싫다."

순간적으로 짜증이 솟았다. 물이라면 직접 뜰 수도 있었을 것이다. 고작 이런 일을 시키려고 연호와의 통화를 방해한 건가? 하지만 연희는 말없이 어머니가 바라는 대로 차가운 물에 온수를 섞어 건넸다.

침대에 앉은 채 몇 분간 어머니는 병원에 대한 푸념을 늘어놓았다. 밥이 맛이 없고 의사들이 불친절하다는 얘기였다. 어머니는 더 큰 병원으로 옮기길 바랐다. 아마도 의사들이 퇴원을 종용했을 거라고 짐작하며 연희는 그저 고개를 끄덕였다. 조금 더 지켜보자고 이야기를 정리한 후 연희는 간이침대를 꺼내 누웠다.

핸드폰이 몸을 떨었다. 연호의 문자 메시지였다.

다시 설레고, 어머니가 뒤척이고, 짜증이 났다가, 주저하며 묻던 연호의 말이 떠오르고, 긴장이 풀리며, 졸음이 몰려왔다. 연희는 핸드폰을 두 손으로 쥐고 눈을 감았다. 연호와 함께 보낸 하루를 되새기며 연희는 잠을 청했다.

설핏 잠이 들었을 때, 몽롱한 연희의 머릿속에 희뿌옇게 어떤 의문이 떠올랐다.

연호와 함께 갔던 음식점. 요리의 맛과 연호의 모습이 한데 뒤섞여 떠다녔다. 반쯤 잠이 든 상태로 연희는 식사하던 순간을 되새겼다. 좋은 음식점이다. 연호와 다시 갈 수 있을까? 아마도 가능할 것이다. 가고 싶다고 말하면 연호는 데려다줄 것이다. 그런데 거기, 괜찮을까?

손님이, 하나도, 없었는데.

그렇게 음식이 좋은데, 어째서, 손님이 없었을까.

뒤따르듯 돌아오는 차 안에서 연호가 건네던 농담이 생각났다. 졸음이 점점 깊어지고 있었다. 연호의 향기가 코에 감겼다. 입가에 기분 좋은 미소가 그려졌다. 의미가 있느냐고 연호에게 묻길 잘했다. 덕분에 무언가를 확인할 수 있었어. 무언가, 그게 무엇인지는 아직 알 수 없지만, 대답을 들어서 다행이었다. 그리고 연호가 물은 것도, 거기에 대답할 수 있었던 것도. 무엇인지는 아직 확실하지 않지만, 그래도.

그런데 연호에게 집 주소를 알려준 적이 있었나?

기억이 나지 않는다. 그런 기억은 없다.

파도처럼 잠이 밀려왔다. 더 생각을 잇지 못한 채 연희는 의식을 잃고 수면 아래로 가라앉았다.

4

"연락 왜 씹니?"

전화를 받자마자 유나는 성을 냈다. 목요일이었고 점심시간이 끝날 무렵이었다. 들리지 않도록 연희는 한숨을 쉬었다.

"바빴어."

"바쁘긴. 무슨 대단한 일을 한다고."

말투도 성격도 여전했다. 유나와 어울리는 것은 불편했다. 하지만 특별한 대꾸가 떠오르지 않았으므로 연희는 그냥 "뭐, 그렇지." 하고 말끝을 흐렸다. 설사 대꾸할 말이 떠올랐다 해도 연희는 속으로 삼켰을 것이다. 유나와의 대화는 종종 유나 쪽의 소란으로 끝났다. 말다툼, 신경질, 시간이 흐른 뒤의 일방적인 사과. 그리고 얼마 지나지 않아 같은 일이 반복됐다.

유나는 입사 동기였다. 인턴 시절부터 같은 부서에서 일했다. 지나치게 소극적이고 무난한 성격의 연희와는 달리 유나는 신입사원 시절부터 주위 사람들과 마찰이 잦았다. 상대방의 일은 트집을 잡았고 자신의 일은 남에게 미루거나 제대로 마무리하지 않았다. 자주 지각했고 가끔 이런저런 핑계를 대며 결근했다.

그런데도 유나는 회사 안에서 나름 인기가 있었다. 주로 남자 사원들에게 그랬다. 유나는 외모가 화려했고 눈치가 빨랐다. 잘 놀았고 분위기를 맞추는 것에 능했다. 업무가 얽히지 않은 상황에서는 유나 같은 성격이 훨씬 유리했다.

겨우 일 년을 채우고 유나는 회사를 그만두었다. 유나의 업무는 대부분 연희의 몫이 되었다. 인수인계를 위해 늦게까지 회사에 남을 때마다 유나는 연희에게 괜한 화풀이를 했다. 연희 씨 바보야? 이런 것까지 내가 알려줘야 해? 대체 어디까지 어떻게 설명하라는 거야, 짜증나게. 연희 입장에서는 억울한 일이었지만 문제를 만들고 싶지 않았기에 그저 유나의 비위를 맞춰주었다.

그래도 인수인계가 끝나던 날에는 유나의 마음도 꽤나 풀려 있었다. 유나의 제안으로 두 사람은 술을 마시러 갔다. 두 사람이 간 곳은 번잡한 분위기의 펍이었다. 자리에 앉자마자 유나는 독한 양주를 샷으로 연거푸 들이켰고 연희에게도 술을 권했다. 연희는 마지못해 몇 잔을 받아마셨다.

"이 회사 왜 다녀?" 불쾌한 얼굴로 유나가 말했다.

"월급은 쥐꼬리만 하고 고작해야 계약직이잖아. 비전이 있어, 뭐가 있어? 괜찮은 남자라도 있으면 한 명 한 명 파먹으면서 다니기라도 하겠지만, 하나같이 다 찌질한 새끼들뿐이잖아? 안 그래?"

원래도 직설적이었지만 취기가 오른 모양인지 유나의 말은 평소보다 험악했다. 연희는 대답 대신 황망하게 웃었다.

"뭐가 웃겨?" 미간을 일그러뜨리며 유나가 말했다.

"연희 씬 맨날 그러더라? 기분 나쁜 소리 들을 때마다 입 다물고 괜히 웃기나 하고." 단숨에 앞에 놓인 잔을 비우며 유나가 말했다.

"그러니까 다들 만만하게 보지."

연희는 멍하니 유나를 바라봤다. 새 술을 주문하며 유나가 천연덕스런 표정을 지었다.

"뭐 그리 놀란 표정이야? 몰랐어?" 앞에 놓인 술잔을 들고 유나가 말했다.

"다들 뒤에서 그렇게 수군거려. 만만해 보이는 게 술 좀 먹이면 쉽겠다고."

"쉬워요?" 숨이 턱 막히는 기분이었다. "뭐가요?"

빤히 연희를 훑어보던 유나가 피식 웃음을 흘렸다.

"진짜 몰라서 물어?" 고개를 휘휘 저으며 유나가 말했다.

"하긴 이러니 그 발정 난 새끼들이 건드리질 못했겠지."

유나는 말없이 혼자 술을 홀짝거렸다. 아예 눈치가 없는 편은 아니었기에 연희도 유나가 하는 말을 대충은 알아들을 수 있었다. 좀 더 자세히 듣고 싶었지만 쉽게 입이 떨어지지 않았다. 그것은 아주 내밀하면서도 저열한 이야기였으므로.

“총무과 김 대리 있지?” 다행인지 불행인지 유나가 먼저 입을 열었다.

“그 새끼 조심해.” 신경질적으로 머리를 헝클어뜨리며 유나가 말했다.

“그쪽 방면으로 아주 선수야. 잔뜩 술 먹이고 자기 맘대로 하는 거. 벌써 몇 명이 당했는지 몰라.”

김 대리라면 알고 있다. 단체 회식에서 마주친 적이 있었다. 과도하게 술을 권하는 것이 부담스러워서 피하곤 했다. 어떻게 전화번호를 알아냈는지 때때로 안부 문자 같은 것을 보내왔고 몇 번인가 밤늦게 전화를 걸어온 적도 있었다. 안부 문자에는 무난한 답문을 보냈고 전화는 무시했다. 그런데 그 김 대리 이야기가 지금 왜 나오는 걸까.

“하기야 그쪽 방면이면 박 대리도 만만찮지.” 유나가 말을 이었다.

“그 새끼 좀 순둥이처럼 생겼잖아? 말투도 어수룩하고.” 동의를 구하듯 유나는 연희를 쳐다봤다.

"그런 주제에 얼마나 밝히는지 몰라. 자기처럼 어수룩하게 생긴 애들만 골라서 건드려."

박 대리는 같은 부서 사람이었다. 가끔 연희에게 군것질거리를 사다주거나 일을 봐주곤 했다. 늘 사람 좋은 미소를 짓고 있었지만 가끔 불쾌한 눈길을 보내기도 했다. 훑어보듯, 끈끈한 시선.

서너 사람 더, 유나는 묻지도 않은 사람들의 이야기를 늘어놓았다. 유나의 말에 따르면 그들은 모두 하나같이 다 연희에게 좋지 않은 마음을 품고 있는 형편없는 인간들이었다.

연희는 혼란스러웠다. 유나가 입에 올렸던 사람들은 분명 어떤 식으로든 연희에게 필요 이상으로 접근했던 적이 있었다. 하지만 그들 모두에게 정말로 유나의 말처럼 음습한 의도가 있었을까?

다른 무엇보다, "유나 씨는 그런 걸 어떻게 알아요?"

연희를 바라보던 유나의 얼굴에 고약한 웃음이 번졌다. 씁쓸하면서도 오만한 미소.

"그야 그 새끼들이 전부 나한테 들이댔으니까."

말을 마친 유나는 단숨에 술을 마신 후 가쁜 숨을 뱉

었다.

"다들 그러더라? 일단 나한테 들이댄 후에 좀 친해졌다 싶으면 연희 씨 얘길 하더라고. 만만해서 건드리기 좋을 거 같다고." 유나가 코웃음을 흘렸다. "어쩜 하나같이 다들 생각하는 게 똑같은지 모르겠어. 그런 놈들이 꼬이는 스타일인가봐, 연희 씨는."

불쾌했다. 유나의 말대로 그런 놈들이 꼬이는 스타일이라면 자신보다 유나가 더 그런 것 아닐까, 하고 생각했지만 연희는 아무 말도 하지 않았다. 유나는 어딘지 모르게 날이 서 있었다. 뭔가 사정이 있을 거라고, 연희는 짐작했다.

"어쨌거나 그런 새끼들하고 엮이는 것도 이젠 끝이야." 유나가 중얼거렸다.

"이제부턴 진짜 근사한 사람들하고 어울릴 거야. 돈도 많이 벌고 좋은 남자 만나서 재밌게 살아야지." 다짐하듯 고개를 끄덕이며 유나는 새로 시킨 술을 연희에게 내밀었다. 연희는 잔을 부딪쳤다. 입에 술을 가져가며 유나가 말했다.

"그거 먹고 놀러 가자."

연희의 의사는 묻지도 않고 유나는 근처의 클럽으로 연희를 끌고 갔다. 거절했지만 소용없었다. 연희가 어두침침한 클럽 한 편에 못 박힌 것처럼 우두커니 서 있는 동안 유나는 몇 번이고 상대를 바꿔가며 농염한 춤을 추었고 새벽 무렵 아무런 말도 없이 누군가에게 안겨 사라졌다. 홀로 남은 연희는 유나를 찾다 포기하고 돌아왔다.

유나가 마지막으로 출근하던 날에는 조촐한 회식이 있었다. 잔뜩 취한 유나는 주변 사람 모두에게 심한 욕설을 퍼붓다가, 연희가 눈에 띄면 괜히 그녀에게 안겨 흐느꼈다. 술자리가 끝날 때쯤 유나가 사라졌다. 부서의 다른 직원들은 취해 있었고 유일하게 제정신이었던 연희가 유나를 찾으러 다녔다. 연희는 술집 근처의 골목에서 유나를 찾았다. 유나는 골목 한쪽에 쭈그려 앉아 누군가와 통화하고 있었다. 전화기를 든 손을 바짝 귀에 붙이고, 남은 손으로 앞머리를 움켜쥔 채 유나는 흐느끼고 있었다. 사정이 있는 거라고, 연희는 짐작했다.

잊을 만하면 한 번씩 유나에게서 연락이 왔다. 유나가 취했거나 취할 준비가 되어 있을 때 그랬다. 억지로 불러내는 것은 참을 만했다. 기분 전환으로 여길 수 있었다. 술을 강요하는 것도 괜찮았다. 취하지 않을 만큼 먹는 요령이라면 회사에서 충분히 익혔으니까. 그러나 남자들은 좀 다른 문제였다. 유나는 아는 남자가 많았고 종종 그런 남자들을 술자리에 불러들였다. 유나가 아는 남자들은 술을 많이 마셨고 취기가 오르면 연희의 어깨를 두르거나 손을 만지거나 포옹하려 했다. 유나를 만나 푸념을 듣거나 무시당하는 것보다 유나가 아는 남자들을 피하는 것이 훨씬 더 귀찮고 힘들었다.

술자리에 불러들인 남자 외에도 유나는 연희에게 종종 소개팅을 시켜주었다. 상대에게 연희의 번호를 준 후 연희에게 통보하는 식이었다. 그런 식으로 연락이 온 남자들에게 연희는 사정을 설명하거나 거절의 말을 할 수 없었다. 소개팅에 나온 남자들은 우울하거나 소심하거나 거칠거나 둔했다. 그렇게 판단하긴 싫었지만, 대다수가 무척 키가 작거나 몹시 뚱뚱했다. 그들은 술자리에 나온 남자들과는 조금 달랐지만 귀찮고 힘들긴 마찬가지였다.

“대체 뭐가 문제야?” 소개받은 남자들을 피할 때마다

유나는 연희를 닦달했다. 그 남자를 만날 마음이 아니다, 그 남자를 만날 상황이 아니다, 그 남자가 아니다. 연희가 댄 어떤 이유도 유나에겐 통하지 않았다.

"연희 씨가 지금 누구 따질 입장이야?" 유나가 힐난할 때마다 연희는 묵묵부답으로 일관하는 수밖에 없었다.

그럼에도 지난 몇 년간 연희는 유나와의 관계를 유지해오고 있었다. 불편하고 기분 나쁜 부분까지 감수해야 하는 것이 친구라면, 유나는 연희의 유일한 친구였다. 보영과 친해진 뒤에는 그나마 유나와 어울리는 것이 편해졌다. 보영은 유나가 연희를 불러낼 때마다 함께 나서주었고 유나가 찍어붙인 남자들을 손쉽게 따돌렸으며 유나가 연희를 무시할 때마다 솜씨 좋게 말을 돌려주었다. 유나는 종종 연희에게 보영의 흉을 봤고 보영은 그런 유나를 비웃었다.

"아무튼 쓸데없이 비싼 척하지 마. 너 그럴 입장 아니잖아?"

대체 뭐가 비싼 척인 걸까. 일이 바쁠 때 불편한 전화를 받지 않은 것? 그리고 연희는 대체 무슨 입장인 걸까. 유나의 말은 언제나 이해하기 힘들었고 이해하려 하면 할수록 점점 기분이 나빠졌다.

"잘 지냈어?" 연희는 말을 돌렸다.

"오랜만이다."

"네가 연락을 씹으니까 그렇지." 핀잔이 돌아왔지만 그나마 한풀 꺾인 목소리였다.

"일단 만나서 얘기해. 토요일에 보자고."

일방적인 약속 통보라면 익숙했지만 토요일은 곤란했다. 연호를 만나기로 한 날이었다.

"토요일엔 약속이 있어."

"약속?" 퉁명스럽게 유나가 말했다.

"무슨 약속?"

어떻게 대답해야 할지 연희는 갈피를 잡을 수 없었다. 유나에게 연호에 대해 설명하고 싶지 않았다.

"그냥 약속."

"그럼 깨고 나랑 만나." 대수롭지 않게 유나가 말했다.

"재밌는 곳을 뚫었어. 거기 가자."

유나가 재미있어할 만한 곳은 뻔했다. 아마도 클럽,

혹은 남자 접대부가 나오는 가라오케, 조금 더 심한 곳이라면 호스트바. 설사 그런 곳이 아니더라도 연희는 유나가 좋아하는 곳이 성미에 맞지 않았다. 유나는 시끄럽고 화려한 곳을 선호했다.

"안 돼." 전에 없이 단호하게 연희는 의사를 표했다.

"약속이 있어."

잠시 말이 없던 유나가 "남자야?" 하고 물었다. 비웃음이 섞인 말투. 연희는 살짝 짜증이 났다.

"응." 연희는 대답했다.

"남자야."

"잘됐네. 같이 나와." 의외의 제안이었다.

"나도 준구 오빠 부를 테니까 넷이 보면 되겠네."

준구는 유나의 약혼자였다. 회사를 그만둔 유나는 대형 로펌의 비서로 들어갔다. 전공과는 아예 상관없는 일자리였고 대우도 좋지 않았지만 유나는 그 모두를 감수했다. 유나는 거기서 준구를 만났다.

준구는 이전에 유나가 만나던 남자들과는 여러모로 달랐다. 그는 오동통한 체형에 피부색이 좋지 않은 남자였다. 준구는 순진하고 근면했으며 연봉을 많이 받았다. 바꿔 말해 그는 소심하고 꽉 막혔으며 계산이 빨랐다. 공부와 처세에는 능숙했지만 이상할 정도로 타인의 감정에는 무관심했다. 그 때문인지 직장에서는 인정을 받았지만 사적인 관계는 매우 협소했다. 여러모로 준구는 유나에게 딱 맞는 상대였다. 늘 바빴고, 바쁜 만큼 유나에게 소홀한 것을 값비싼 물건으로 대체했으며, 자신이 바쁜 동안 유나가 무엇을 하며 시간을 보내는지 전혀 몰랐다.

"워낙 일이 많아서 나하고 별로 놀지도 못해. 바빠서 못 만나겠다고 하면 조금 삐친 척을 하는데 그러면 다음에 만났을 때 이거 저거 되게 많이 사주더라." 준구와의 약혼 소식을 알리며 유나는 말했다.

"잘된 거지." 유나는 득의만만하게 웃었다.

"얼마나 좋아? 오빠는 나한테 선물을 줘서 미안한 마음을 풀고 나는 다른 애들이랑 재밌게 놀고."

준구와 약혼한 뒤에도 유나는 전에 알던 남자들을 만났다. 그들 중 몇몇은 유나와 여전히 깊은 관계였다. 입버릇처럼 유나는 말했다.

"놀 줄 아는 남자들은 골치 아파. 자기들이 어떻게 노는지 아니까 대충 넘어가는 법이 없거든. 그런 면에서 오빠는 편해. 밤에는 무조건 자는 사람이라 전화 오지도 않고, 낮에는 아무 일도 안 일어난다고 믿고." 킥킥거리며 유나는 말을 이었다. "바보 아니니? 누굴 만나는데 밤낮이 어디 있어?"

연희는 준구가 불편했다. 예의 바르지만 어딘지 모르게 오만하면서도 무신경한 태도가 걸렸다. 다른 무엇보다 유나에겐 비밀이 있었다. 그런 것들을 준구 앞에서 짐짓 모른 척하는 것만으로도 연희는 준구를 기만하고 있는 것 같은 기분이 들었다.

"토요일 몇 시에 볼래?" 결정됐다는 듯 유나는 말했다.

"여덟 시 괜찮지?"

"좀, 곤란해."

"곤란하긴 뭐가? 만나는 남자라며?"

"그렇긴 한데." 연희는 말끝을 흐렸다.

"내가 아는 사람이야?" 사납게 달아오른 목소리로 유나가 물었다.

"그런 거야? 아는 사람이야?"

"그런 건 아냐." 연희는 황급히 부정했다.

“그럼 됐잖아. 그 남자한테 얘기해.” 다시 천연덕스럽게 유나가 말했다.

유나의 일방적인 태도에는 이골이 나 있었다. 자신에게 그러는 거라면 얼마든지 참을 수 있었다. 하지만 연호와의 만남을 방해받는 것은 싫었다.

“만나는 사람이긴 하지만.” 될 수 있는 한 차분하게 연희는 말했다.

“만나기 시작한 지 얼마 되지 않았어. 갑자기 이런 식으로 약속을 잡는 건 곤란해.”

몹시 답답했다. 유나에게 이런 설명을 해야 하는 것이 마음에 들지 않았다. 게다가 특별히 설명할 것도 없었다. 말한 그대로 연호는 만난 지 얼마 안 된 조심스러운 사람이었다. 그리고 바로 그런 부분이 연희를 더욱 답답하게 했다.

“그럼 더 만나야겠네.” 코웃음을 치며 유나가 말했다.

“만난 지 얼마 안 된 남자면 어떤 사람인지 알아야 할 거 아냐? 내가 봐줄게.” 심술궂게 유나는 덧붙였다.

“너 남자 보는 눈 없잖아.”

답답한 기분이 순식간에 차갑게 얼어붙었다. 딱 한

번 유나 앞에서 취한 적이 있었다. 취기에 예전 연애에서 있었던 일을 말했다. 그 뒤로 유나는 잊을 만하면 한 번씩 그 이야기를 꺼냈다. 놀리듯, 아무렇지도 않게.

온몸의 힘이 빠져나간 것 같았다. 확실히 거절의 의사를 밝혀야 했지만 그럴 기분조차 나지 않았다. 때마침 팀장이 연희를 불렀다. 대충 핑계를 대고 전화를 끊었다. 팀장으로부터 몇 가지 지시를 받은 후 자리에 돌아와 핸드폰을 확인했다. 유나에게서 문자가 와 있었다. 문자에는 약속 장소와 시간이 찍혀 있었다.

한참 동안 문자를 읽다가 연희는 핸드폰을 들고 밖으로 나왔다. 다시 유나에게 전화를 걸어 같은 대화를 반복하고 싶지 않았다. 차라리 연호의 의사를 묻는 쪽이 덜 피곤할 것 같았다. 연호에게 전화했다.

"좋습니다." 연호가 말했다.

"연희 씨 친구라면 만나보고 싶군요."

의외의 대답이었다. 내심 연희는 연호가 거절할 거라고 생각했고 거절하길 바랐다. 허무할 정도로 시원한 연호의 대답을 들으면서 연희는 알 수 없는 서운함을 느꼈다.

"그 대신이라고 하긴 좀 그렇지만." 덧붙이듯 연호가 말했다.

"친구와 만나고 난 후에는 잠시만이라도 둘이 시간을 보냈으면 좋겠습니다." 잠시 뜸을 들이듯 연호는 입을 다물었다.

연희는 연호의 기분을 알 것 같았다. 쑥스러워하고 있구나. 한순간에 서운함이 걷혔다.

"연희 씨?" 조심스레 연호가 말했다.

"그래도, 괜찮을까요?"

정중하면서도 간곡한 물음이었다. 연희는 고개를 끄덕였고, 전화 통화라는 사실을 깨닫고는, 다시 서둘러 "네, 네." 하고 대답했다.

"다행이군요. 그럼 토요일에."

전화가 끊겼다. 두 손으로 핸드폰을 감싸쥔 채 연희는 잠시 가만히 서 있었다. 얼굴이 달아오른 느낌은 싫지 않았다.

유나에게 약속을 승낙하는 문자를 보냈다. 기다렸다는 듯 답문이 돌아왔다.

그 남자한테 각오하라고 해둬

반쯤은 장난이란 것을 알고 있었지만 기분이 좋지 않았다. 설렘과 약간의 불쾌함이 섞인 채 연희는 자리에 돌아왔다.

약속 장소는 시내 한복판의 커피숍이었다. 거기서 모여 근처의 중국 음식점에서 식사하기로 했다. 모두 유나가 정한 가게들이었다.

3층으로 된 커피숍에는 사람이 가득했다. 커피숍에 들어섰을 때 유나에게서 문자가 왔다. 3층으로 올라오라는 내용이었다.

유나는 창가에 앉아 있었다. 창밖을 바라보던 유나가 연희를 향해 손을 흔들었다. 연희는 맞은편에 앉았다.

"감옥 들어가니? 뭐 그리 고개를 푹 숙이고 다녀?"

창문으로 연희가 들어오는 모습을 본 모양인지 유나가 핀잔을 주었다. 그 말대로 연희는 오는 내내 고개를 숙인 채 힘없이 걸었다. 약속을 하긴 했지만 결코 연희에게 마음 편한 자리는 아니었기 때문에.

"그 남자는? 같이 왔어?"

연희는 고개를 저었다.

"아니, 연락해봐야지." 어디쯤이냐고 연희는 문자를 보냈다.

"어디서 만난 사람이야?" 다짜고짜 유나가 물었다.

연희가 미처 대답하기 전에 핸드폰이 울렸다.

"아까부터 와 있었습니다." 연호가 쾌활하게 말했다.

"연희 씨는요?"

3층에 있다는 것을 알린 후 연희는 전화를 끊었다. 유나와 단둘이 있는 것은 싫었다. 연호가 와 있다는 것을 알자 기분이 나아졌다.

"왔대?" 유나가 물었다.

고개를 끄덕인 뒤, "준구 씨는?" 연희는 되물었다.

"좀 늦는대." 유나가 피식 웃었다.

"그보다, 준구 오빠 괜히 불렀어." 몸을 앞으로 기울이고 유나가 말했다.

"여기 올라오는데 2층 가봤어?"

"아니."

"정말, 잘생긴 남자가 앉아 있더라." 비밀을 전하듯

목소리를 낮추고 유나가 말했다. "무슨 연예인 같이 생겼더라고." 유나가 과장스럽게 한숨을 쉬었다.

연예인처럼 잘생긴 남자. 묘한 확신이 들었다. 아마도 연호 이야기일 거라고, 연희는 생각했다. 유나가 말한 것처럼 연예인 같다는 식으로 표현하고 싶진 않았지만 연호는 남들에게 그런 평가를 받을 만했다.

"딱 오 분만 늦게 오지 그랬어. 가서 막 말을 걸어볼 참이었는데. 전화번호 적어서 건네주면 그 남자도."

필요 이상으로 호들갑을 떠는 통에 연희는 연호에 대한 이야기를 할 기회를 잡지 못했다. 어떻게든 말을 꺼내려 했을 때 유나의 눈이 동그랗게 커졌다. 연희는 뒤를 돌아봤다. 연호가 다가오고 있었다. 연호는 연희에게 눈인사한 뒤 유나를 봤다.

"유연호입니다." 유나를 향해 연호가 고개를 까딱 숙였다.

유나는 입을 벌린 채 아무 말도 하지 못했다. 연호는 연희 곁에 앉았다.

"커피를 한잔할까요?" 연호가 연희에게 물었다.

"아니면 곧장 식사를 하겠어요?"

연희는 부랴부랴 유나에게 연호를 소개하려 했다. 하지만 유나는 연호와 연희를 번갈아가며 바라볼 뿐이었다.

"일어서는 게 좋겠어요." 유나의 눈치를 살피며 연희가 말했다.

연호는 고개를 끄덕이며 일어섰다.

"차를 가져오죠."

연호가 자리를 뜨자 유나는 그제야 정신이 나는 듯했다. 팔짱을 끼고 다리를 꼰 채로 유나가 연희를 째려봤다.

"만난다는 사람이 저 남자?"

연희는 고개를 끄덕였다. 유나는 기가 막힌다는 듯 짧게 헛웃음을 터뜨렸다.

"어디서 만났어?" 매섭게 유나가 물었다. 사나운 유나의 태도에 눌려 쉽게 대답이 나오지 않았다. 우물쭈물하는 연희를 비웃으며 유나가 말했다.

"너 요즘 업소 다니니?"

불쾌한 말이었다. 연호는 그런 곳에서 만난 사람이 아니다. 유나에게 이런 말을 들을 이유가 없었다. 새삼

화가 치밀어 가까스로 침을 삼키고 대답하려 했을 때,
"됐어." 유나가 자리에서 일어났다.

"직접 물어볼 거야."

두 사람은 커피숍을 나섰다.

음식점은 커피숍에서 몇 블록 떨어진 곳에 있었다. 연희와 유나는 뒷좌석에 앉았다. 차를 타고 가는 동안 유나는 한마디도 하지 않았다. 연호가 연희에게 다정한 말을 건넬 때마다 유나는 들릴락 말락 코웃음을 흘렸다. 얼마 지나지 않아 목적지에 닿았다.

셋은 칸막이가 쳐진 안쪽 자리에 앉았다. 음식을 주문하고 숨을 돌리자마자 유나가 연호를 바라봤다. 연희는 괜히 긴장이 됐다.

"나이가 어떻게 되세요?" 유나가 물었다.

"서른셋입니다." 부드럽게 웃으며 연호가 말했다. 유나가 고개를 끄덕였다.

"생각보다 많으시네요. 더 어려 보였는데."

"그런가요?" 장난스럽게 연호가 고개를 갸웃거렸다.

"여섯 살 차이." 되새기듯 유나가 중얼거렸다.

“나이가 좀 많지 않니?” 힐끗 연희를 보며 유나가 말했다. 갑작스러운 질문에 연희가 당황하고 있을 때, “그런가요?” 연호가 대답했다.

유나는 의자에 등을 붙이고 팔짱을 꼈다.

“운동 좀 하시나봐요?” 어딘시 모르게 고압적인 태도에 거만한 말투였다.

“그런가요?” 같은 대답이 반복됐다.

점원이 다가와 테이블에 음식을 놓았다. 점원이 물러나자 유나는 손가락으로 연호를 가리켰다.

“몸이 좋으시던데?”

연호는 젓가락을 들었다. 음식을 집어 들고 똑바로 유나를 마주 보며 연호가 말했다.

“보셨나요?” 변함없이 웃는 얼굴이었다. 음식을 입에 넣고 삼킨 후 연호가 연희에게 말했다.

“괜찮군요. 연희 씨도 들어요.”

“전문적으로 관리받으시는 거 아니에요?” 음식에는 눈도 돌리지 않고 유나가 재차 물었다.

“아무리 봐도 만든 몸 같은데?”

딴청을 부리듯 연호는 차를 따라 연희에게 건넸다.

어떻게든 두 사람 사이에 끼어들어야 했지만 연희는 입을 열지 못했다.

"만든 몸이란 게 뭔지 모르겠군요." 유나를 향해 연호가 슬쩍 웃어 보였다.

"관리란 걸 받아본 적도 없고."

한동안 입을 다물고 있던 유나가 연호를 따라 미소 지었다. 뚫어져라 연호를 보던 유나가 자신의 컵을 연호에게 내밀었다. 잠시 유나가 내민 컵을 쳐다보던 연호는 차가 담긴 주전자를 유나에게 밀어준 후 무심히 음식을 먹기 시작했다. 연호가 밀어놓은 주전자를 보며 유나는 다시 팔짱을 꼈다.

공기가 한참 무거워졌다. 유나는 젓가락에 손도 대지 않았고 연희는 입맛이 싹 가신 참이었다. 오직 연호만이 열심히 음식을 먹고 있었다. 마지못해 연희가 음식을 입에 가져갔을 때 유나의 핸드폰이 울렸다.

"어디야?" 전화를 받자마자 유나가 말했다.

"저번에도 왔던 곳이잖아. 못 찾아와?" 짜증스러운 듯 유나가 말했다. 입을 앙다물고 가만히 듣고 있던 유나는 인사도 없이 전화를 끊었다. 던지듯 테이블에 핸드폰을 놓은 후 유나는 다시 팔짱을 꼈다.

연희는 유나의 눈치를 살폈다.

"오는 길을 헷갈렸대. 칠칠하지 못하게." 유나가 혀를 찼다.

분위기를 모르는지 아니면 모르는 척하는 건지 연호는 고기와 야채를 기분 좋게 씹어 삼켰다. 혼자서 씩씩대던 유나가 연호를 쏘아봤다.

"무슨 일 하세요?" 유나가 물었다.

"작은 회사에 다닙니다."

"그러니까, 뭐 하는 회사?"

연희는 집요하고 돌연한 유나의 질문이 불편했다. 어떻게든 유나를 말리고 싶었지만 마땅한 방법이 떠오르질 않았다. 연호가 천천히 입을 열었다.

"작고, 설명하기 복잡한 일을 하는 회사죠."

대답을 들은 유나가 입꼬리를 올려 웃었다. 연희에겐 익숙한 웃음이었다. 뭔가 고약한 말을 하기 전에 유나가 짓는 표정이었다.

"말하기 곤란한 일을 하시나보다." 잔뜩 콧소리 섞인 목소리로 유나가 말했다.

"뭔가 나쁜 일인가?"

음식을 집던 연호의 손이 멈췄다. 말없이 유나를 바라보던 연호는 젓가락을 접시에 내려놓고 자리에서 일어섰다. 유나의 눈이 살짝 커졌다. 당황한 연희는 연호를 바라봤다. 연호는 손을 들어 유나의 등 뒤를 가리켰다.

"남자친구분이 오셨군요."

숨을 몰아쉬며 준구가 세 사람이 앉은 테이블에 다가섰다. 급하게 뛰어왔는지 이마에는 땀이 맺혀 있었다. 헉헉거리는 준구를 향해 싱긋 웃으며 연호가 손을 내밀었다. 준구는 가쁜 호흡을 삼키느라 자기 이름을 제대로 말하지도 못했다. 잡았던 손을 놓고 연호는 자리에 앉은 후 빈 컵에 차를 따라 준구에게 건넸다. 차를 건네받은 준구는 단숨에 차를 들이켰다. 뜨거운 차였고 준구는 차를 반쯤 토하다시피 했다. 유나의 얼굴이 일그러졌다.

그나마 준구가 도착한 다음에는 분위기가 한결 나았다. 연호에 대한 유나의 힐난은 고스란히 준구에 대한 타박으로 이어졌다. 고량주를 주문한 후 술잔을 돌릴 때쯤에는 준구가 유나에게 사준 선물 자랑이 이어졌다. 유나가 받은 선물에는 제각각의 사연이 깃들어 있었고, 그 사연들은 모두 엇비슷했다. 생일선물로 받은 반지와 목걸이. 준구가 약속을 어긴 다음날 사들고 온 지갑과 여행을 가서 싸운 뒤 사준 가방과 준구에게 빌린 카드로 계산한 구두. 연희는 웃으며 고개를 끄덕였고 연호 역시 마찬가지였다.

술잔이 부딪쳤다. 연희는 입을 대기만 했고 연호는 자기 몫의 술을 소리 없이 비웠다. 유나와 준구는 금세 벌겋게 달아올랐다. 못 본 사이 준구는 한층 살이 쪄 있었고, 피부색은 더욱 어두웠다. 무척 피곤한지 술잔을 든 채 멍하니 정신을 못 차릴 때가 있었다. 그때마다 유나는 거칠게 준구의 어깨를 흔들었고 준구는 그저 바보처럼 허허 웃었다.

"연희가 좋아요?" 잔뜩 취한 유나가 연호에게 물었다.

갑작스러운 물음이었기에 연희는 순간적으로 그 뜻을 이해할 수 없었다. 한발 늦게 이해한 후에는 거의 술을 마시지 않았음에도 곧바로 얼굴이 빨개졌다. 당황스러운 마음에 자신도 모르게 연희는 연호를 돌아봤다. 연호는 술잔을 입에 가져가던 채로 멈춰 있었다. 연호는 술잔을 내려놨다.

“대답하고 싶지 않군요.” 테이블에 놓은 술잔을 가볍게 매만지며 연호가 말했다. 연호의 대답을 들은 연희는 어쩐지 불안했다. 가슴에서부터 한기가 퍼져나갔다.

“왜요?” 유나가 되물었다.

술잔을 만지던 연호의 손이 멈췄다. 깊이 숨을 들이쉬고 연호는 단숨에 술잔을 비웠다.

“그 대답은.” 연호가 연희를 돌아봤다. 잠시 눈이 마주치자 연호가 웃었다.

“연희 씨가 들어야 하기 때문입니다.”

자기도 모르게 연희는 고개를 숙였다. 불안함은 사라지고, 살짝 입꼬리가 올라갔다.

유나가 말을 이으려 했을 때 준구가 연호의 빈 술잔을 채워 주었다. 말이 끊긴 유나는 준구를 째려봤다가 연호에게 눈을 돌렸다.

“연희의 어디가 좋은데요?”

유나가 다시 물었다. 대답 대신 연호는 술잔을 들어 보였다. 준구는 서둘러 술잔을 부딪쳤고 재촉하듯 유나를 쳐다봤다. 못 이긴 척 유나가 술잔을 부딪쳤고 연희도 잔을 들었다. 술을 마신 후 연호는 입을 다물고 의자에 몸을 기댔다.

연호의 표정을 살피던 유나가 술을 들이켰다. 준구에게 빈 술잔을 내밀며 유나가 말했다.

"제 앞이라고 괜히 억지로 이러시는 거 아니에요?"

"아뇨." 곧바로 대답이 돌아왔다.

연호를 바라보는 유나의 눈길이 사나워졌다. "그럼 언제부터?" 술잔을 든 손으로 무시하듯 연희 쪽을 휙 가리키며 유나가 말했다.

"얘 신경 쓰지 말고 말해봐요. 언제부터 좋았는데요?"

유나를 마주 보던 연호가 연희를 돌아봤다.

"이건 피할 수 없겠군요." 연호가 말했다. 연희는 아무런 반응도 할 수 없었다.

유나와 눈을 맞춘 후 연호는 차분하게 말했다.

"처음부터."

"처음?" 곱씹듯 유나가 중얼거렸다.

연호는 고개를 끄덕였다. "처음엔 그러니까, 목소리겠군요. 그때부터였습니다."

언뜻 연희는 연호의 말을 이해할 수 없었다. 유나도 마찬가지인 모양이었다.

"목소리?" 고개를 갸웃하며 유나가 말했다.

"얘 목소리가 좋은가?"

"좋고 나쁨의 문제가 아닙니다. 말하는 방식과 내용이 문제죠." 자신을 바라보는 연희의 시선을 눈치챈 듯 살짝 연희를 보고 나서 멋쩍게 웃으며 연호가 말을 이었다.

"처음, 목소리를 들었을 때 알았습니다."

연희는 자신이 연호에게 처음 건넨 말이 무엇이었는지 되짚었다. 커피숍에 들어섰을 때였나? 황망한 기분에 제대로 말도 잇지 못했던 그때? 아니, 그보다는 전화 통화가 먼저였다. 일이 바빠서 제대로 된 확답을 주지 못하고 우물쭈물했던 순간. 그때가 떠오르자 연희는 몹시 부끄러웠다.

"조심스러운 사람이라고 생각했습니다." 살짝 주저하

듯 입을 닫았다가, "조심스럽고, 신중하고." 연호는 말을 이었다.

"그리고 소중한 사람이라고."

그것은 무심하고 평범했지만 그만큼 어딘지 모르게 확고한 대답이어서 연희는 몹시 마음이 놓였다.

말없이 연호의 대답을 듣고 있던 유나는 기가 막힌다는 듯 코웃음을 쳤다.

"대체 뭐 하는 사람이에요?" 미간을 잔뜩 구기고 유나가 말했다. 유나가 턱짓으로 연희를 가리켰다.

"얘가요, 남자 보는 눈이 없거든요."

불안한 예감이 연희의 머릿속을 스쳤다. 연희는 유나를 봤다. 당황한 연희의 얼굴을 보며 유나가 심술궂게 웃었다.

"전에 만났던 남자가 완전 또라이라서 말이죠." 유나의 말투는 몹시 거칠어져 있었다. 취해서 그런 것인지 신이 나서 그런 것인지 분간할 수 없었다. 연호의 표정을 살피며 유나가 말을 이었다.

"그쪽도 그런 놈이 아닌지 모르겠네."

연호는 아무 말이 없었다. 연희는 눈을 둘 곳을 찾을

수가 없었다.

"말해봐요. 직업이 뭐예요?" 유나의 물음이 이어졌다.

"얼굴이나 하고 다니는 걸로 봐선 그냥 직장인은 아닌 거 같고."

일부러 고개를 비틀어 조롱하듯 유나가 말했다.

"화류계인가?"

믿을 것은 준구뿐이었다. 연희는 도움을 청하듯 준구를 봤다. 술에 취하고 지친 준구는 아무 생각 없이 텅 빈 눈을 빙글빙글 굴리고 있었다.

"그런 거예요?" 유나는 거침없이 나아갔다.

"가라오케나 호스트바? 그런 데서 만난 건가?"

연희는 입술을 깨물었다. 화가 끓어올랐다.

"잘 아시나봐요?" 연호가 먼저 입을 열었다. 아무렇지도 않게 미소 지으며 연호가 말했다.

"그런 곳에 대해."

유나의 표정이 일그러졌다.

"뭐 하는 사람인지 물어도 말을 돌리니까 그러는 거 아니에요?" 유나가 따졌다.

"무슨 대단한 일을 한다고 말을 안 해? 제대로 된 일이면 말 못할 게 뭐가 있냐고?"

유나가 언성을 높이자 준구가 몸을 내밀었다.

"그러고 보니 아직 소개를 안 했네요." 늦어도 한참 늦게 준구가 끼어들었다. 준구는 안주머니에서 주섬주섬 명함을 꺼내어 연호에게 건넸다.

"저는 이런 일을 합니다." 속없이 준구가 웃었다.

연호는 제대로 읽지도 않은 명함을 테이블에 올려놓았다. 가볍게 한숨을 쉰 후 연희를 돌아보며 곤란한 듯 연호가 웃었다. "이것도 피할 수 없겠어요." 연호는 지갑에서 명함을 꺼내어 준구에게 건넸다. 광택 없이 새까만 명함이었다.

준구가 확인하기도 전에 유나는 연호의 명함을 낚아챘다. 명함을 읽은 유나가 혀를 찼다.

"이게 뭐예요? 그냥 달랑 이름만 적혀 있어?"

"그게 제가 다니는 회사입니다." 유나의 항의를 흘려버리듯 연호는 대수롭지 않게 말했다.

"작은 회사."

흥미를 잃은 듯 유나는 준구에게 명함을 건넸다. 거만하게 목을 흔들며 유나가 말했다.

"소속도 직책도 안 적혀 있잖아요? 이런 걸로 대체 무슨."

"와이?" 연호의 명함을 본 준구가 고개를 홱 쳐들었다.

"와이에서 일하십니까?" 단숨에 술이 깬 듯 준구의 작은 눈은 한껏 커져 있었다.

연호가 고개를 끄덕였다. "그런 이름입니다."

"잠깐만." 뭔가 생각난 듯 준구는 한동안 명함을 들여다보다 연호를 살피고 다시 명함을 봤다. 몇 번이고 같은 행동을 반복하던 준구가 이마를 만졌다.

"그러고 보니, 들은 적이 있습니다. 와이의 대표 이름이." 눈을 가늘게 뜨고 준구가 중얼거렸다.

"이름은 모르고 유 씨라고만 하던데." 제대로 말을 맺지도 못한 채 준구는 연호의 눈치를 살폈다.

"제가 대표입니다."

연호의 말이 떨어지자마자 준구가 자리에서 일어나 두 손을 내밀었다.

과장된 준구의 태도가 부담스러운 듯 연호가 연희를 보고 힘없이 웃었다. 못 이긴 척 연호는 준구의 손을 잡았다. 준구는 세차게 연호의 손을 흔들며 반갑다는 인사를 되풀이했다. 준구의 행동에 놀란 유나는 언짢은 표정으로 준구를 자리에 앉혔다. 채근하듯 유나가 물었다.

"뭐야, 뭐 하는 회산데?"

"투자자문회사야." 유나를 돌아보지도 않고 준구가 말했다.

"이쪽 업계에서는 독보적이야."

"뭐가 독보적인데?"

성가시다는 듯 인상을 찡그리고 준구가 유나를 돌아봤다.

"그게." 뭔가 설명하려다 말고 준구는 고개를 저었다.

"나중에 설명해줄게."

준구의 태도에 기분이 상했는지 유나는 더 묻지 않았다. 연호의 명함을 손가락으로 톡톡 건드리며 누구에게랄 것도 없이 유나가 말했다.

"이게 뭐라고? 어떤 회사인지는 몰라도, 이게 가짜일 수도 있는 거고."

"그거 맞아." 준구가 유나의 말을 끊었다.

"우리 대표가 전에 자랑하는 거 봤어. 와이의 대표가

쓰는 명함이야." 준구는 어린애 같은 얼굴로 헤실헤실 웃으며 연호를 바라봤다.

"젊은 분이라는 얘기는 들었는데, 이렇게까지 젊으실 줄은 몰랐습니다."

"아뇨." 손을 저으며 연호는 유나를 봤다.

"약혼자분께 나이가 많다는 소리를 들었는걸요."

"무슨 말씀이세요?" 준구는 어이없다는 듯 유나를 돌아봤다.

"자기 그런 말 했어?" 기가 막힌다는 듯 준구는 유나를 탓했다.

"그런 말이 어디 있어? 나보다 훨씬 젊어 보이시는구만."

그건 확실히, 맞는 말이었다.

그 뒤부터 준구는 연호를 치켜세워주기 시작했다. 연호가 컵에 손을 가져가면 물을 따랐고, 잔을 만지면 술을 따랐으며 화장실에 가기 위해 일어서면 따라나섰다. 준구가 그럴 때마다 연호는 겸연쩍은 듯 연희를 돌아봤다. 참으려 해도 연희는 웃음이 났다. 준구의 태도 때문이 아니었다. 곤란해 하는 연호의 얼굴을 보는 것이 즐거웠다. 식사가 끝날 때까지 유나는 한마디도 입을 열지 않았다.

음식점을 나서면서 준구는 거듭 연호에게 악수를 청했다. 마지못해 연호가 손을 내밀자 준구는 두 손으로 연호의 손을 어루만졌다. 보는 눈이 없다면 연호의 손등에 얼굴을 비비기라도 할 것 같았다. 연호는 가까스로 손을 뺐다.

준구가 부른 대리 운전기사가 도착했다. 준구는 기사를 데리고 자신의 차를 세워놓은 곳으로 갔다. 혼자 남은 유나가 연호와 연희 곁에 다가왔다.

매섭게 연희를 바라보던 유나가 무겁게 입을 열었다.

"잠깐 자리 좀 피해줘."

싫었지만, 딱히 거절할 이유를 찾을 수 없었다. 연희가 몇 걸음 물러서자 더 멀리 떨어지라는 듯 유나가 고개를 홱 흔들었다. 연희는 멀찍이 섰다.

연희를 등지고 선 채 유나가 연호에게 뭐라 말을 건네고 있었다. 주머니에 손을 넣은 연호의 얼굴엔 아무런 표정이 없었다. 유나는 슬쩍 뒤를 돌아본 후 연호에게 가까이 다가섰다. 참지 못하고 연희가 겨우 한 걸음 앞으로 나섰을 때 클랙슨이 울렸다. 준구의 차였다. 연희와 연호를 번갈아 바라보던 유나가 차에 올랐다.

준구는 연호를 향해 깊숙이 허리를 숙여 인사했다.

"그럼 다음에 또 뵙겠습니다."

연호가 슬쩍 손을 들어올렸다. 준구의 차가 출발했다.

나란히 그리고 가만히, 연희와 연호는 자리에 서 있었다. 연호가 연희를 돌아봤다.

"자 그럼." 연호가 기분 좋게 웃었다.

"우리는 좀 걸을까요?"

연희는 고개를 끄덕였다.

몇 걸음을 떼다 불쑥 연희가 말했다. "대표님?"

살짝 놀란 듯 연호가 연희를 돌아봤다. 연희는 미소 짓고 있었다.

"대표님이셨어요?"

연희의 미소를 본 후에야 안심이 되는 듯 연호가 쓴웃음을 지었다.

"작은 회사예요."

다시 몇 걸음을 걷다 연호가 멈춰 섰다. 연호가 고개

를 숙였다.

"미안합니다." 연호가 사과했다.

"뭐가요?"

"직업을 말하지 않은 거요." 머리를 긁으며 연호가 말했다.

"설명하기가 어려웠습니다. 재미없는 일이고."

연호가 다시 걸음을 뗐다. 연희는 연호와 걸음을 맞췄다.

"독보적이라면서요?" 놀리듯 연희가 말했다. 어딘가 꼬집힌 것처럼 연호는 눈을 찌푸렸다. 그 반응이 재밌어서 연희는 계속 말을 이었다.

"어떤 게 그렇게 독보적인가요, 대표님?"

연호가 고개를 저었다.

"독보적이라는 건 그 사람들의 기준이죠." 무심히 연호가 말했다. "일종의 상대 평가입니다. 특정한 기간에 누구보다 조금 더 나으면 그걸로 독보적이니 뭐니 하는 이름을 붙이는 겁니다." 연호는 한숨을 쉬었다.

"숫자는 엄정하지만, 그 숫자의 해석에는 변수가 많죠. 그 때문에 마음만 먹으면 똑같은 결과를 두고 전혀 다른 평가를 할 수 있게 됩니다. 그래서 이 일엔 거품이 많습니다. 엄연한 결과를 인정하지 않고 실적을 부풀리고 다른 무엇보다." 연호가 연희를 돌아봤다. 약간, 지친 듯한 얼굴이었다.

"다들 과정을 무시하죠. 사기꾼도 악당도 넘칠 만큼 많습니다."

연희는 연호의 얼굴을 빤히 바라봤다.

"사기꾼인가요?" 웃으며 연희는 물었다. "아니면 악당?"

그것은 농담이었다. 그러나 연호의 얼굴에서는 웃음기가 싹 가셨다. 걸음을 멈추고 똑바로 연희를 바라보며 연호가 말했다.

"어느 쪽도 아닙니다." 확고하고 단단한 말이었다.

"저는 연희 씨를 속이지도, 해치지도 않습니다."

연희의 얼굴에서도 웃음기가 가셨다. 멍하니 연호를 바라보던 연희는 자기도 모르게 가쁜 숨을 쉬었다. 심장이 터질 것처럼 빠르게 뛰었다.

"한 번도?" 연희는 물었다.

연호가 고개를 툭 끄덕였다.

"한 번도." 잠시 고개를 숙였다가 뭔가 결심한 듯 연호는 연희와 눈을 맞췄다.

"그리고 앞으로도."

늦은 밤이었지만 시내의 도로에는 차들이 가득했다. 어둠은 길가의 건물에서 새어나온 빛에 섞여 희뿌옇게 번져 있었다. 가끔 사람들이 연희와 연호의 곁을 지나쳤지만 연희는 다른 사람을 신경쓸 수 없었다. 어깨가 떨리고, 이마는 나른했다. 뱃속은 부풀어오르고, 금세라도 다리가 풀릴 것만 같았다.

한참 동안 입을 닫고 있던 연호가 미소 지었다.

"물론." 살짝 손을 들어 보이며 연호가 말했다.

"연희 씨 이외의 다른 사람에게는 충분히 사기꾼에 악당일 수도 있겠죠." 연호가 쿡쿡거리며 웃었다.

"독보적이거든요."

연희도 연호를 따라 웃었다.

시내 중심에서 약간 벗어난 곳의 공원에 닿았을 때 불쑥 연호가 주머니에서 작은 쪽지를 하나 꺼냈다.

"이런 걸 받았습니다."

연호는 쪽지를 펴 연희에게 보여주었다. 유나의 전화 번호가 적혀 있었다.

"재빠른 솜씨입니다." 피식 웃으며 연호가 말했다. "내내 같이 있었는데 언제 이런 걸 적었는지 모르겠군요."

메모지 한 귀퉁이에 낮에 갔던 커피숍의 이름이 적혀 있었다. 연희는 한숨을 쉬었다.

"아까 낮에 적어둔 걸 거예요. 연호 씨를 보자마자 마음에 들어 했거든요."

"나를?" 눈을 동그랗게 뜨고 연호가 되물었다.

"대체 언제?"

"커피숍에서 연호 씨를 봤대요. 아마 기회를 봐서 말을 붙일 생각이었겠죠. 제가 너무 일찍 도착하는 바람에 기회를 놓쳤지만."

"하지만 나는 연희 씨와 만나잖아요?"

천연덕스러운 연호의 반응에 연희는 피식 웃음을 터뜨렸다.

"그때는 몰랐잖아요. 남이라고 생각했으니 따로 연락하고 싶었겠죠."

여전히 이해가 가지 않는 듯 연호는 인상을 찡그렸다.

"그렇게 생각하기엔 너무." 잠시 말을 고른 후, "무례하게 굴더군요." 하고 연호가 말을 맺었다.

새삼스레 유나의 말들이 떠올랐다. 몹시 부끄럽고 미안했다.

"미안해요."

사과를 하자 부끄러움과 미안함이 더 심해졌다. 어쩐지 유나의 행동이 모두 자신의 잘못인 것만 같았다. 분한 기분과 서글픔이 섞였다. 참을 새도 없이 눈물이 차올랐다.

공원 가로등 아래에 두 사람은 말없이 섰다. 울음을 참아보려 했지만 어쩔 수 없이 눈물이 몇 방울 흘렀다. 연희는 고개를 꺾었다.

연호가 연희에게 다가왔다. 연희의 어깨를 손바닥으로 부드럽게 감싸 잡으며 연호가 허리를 낮췄다. 아주 약간 연희는 고개를 들었다. 두 사람은 눈을 맞췄다.

"뭐가 미안해요?" 연호가 물었다.

"전부." 기어들어가는 목소리로 연희가 말했다.

"오늘 일. 무례한 일을 당하신 것 전부요."

뚫어져라 연희를 바라보던 연호가 고개를 저었다.

"그건 아무렇지도 않습니다." 연호가 고개를 저었다.

"무의미한 사람입니다. 그런 사람이 멋대로 구는 것에는 익숙합니다."

연호가 연희의 어깨를 어루만졌다. 어깨를 감싸 쥔 연호의 손은 따뜻했다.

"문제는." 눈썹을 찡그리고 연호가 말했다.

"그녀가 연희 씨에게 무례하게 굴었다는 겁니다."

연희의 어깨를 감싸 쥔 채 연호는 다른 손을 천천히 들어올렸다. 연호는 손가락으로 조심스레 연희의 눈물을 지웠다.

연호가 손을 뗐다. 똑바로 몸을 세운 후 연호가 넉넉한 웃음을 흘렸다. 연호의 웃음을 보자 울음이 그치고 한결 기분이 나아졌다.

둘은 공원의 출구를 향해 걸었다.

"뭐라고 하던가요?" 가볍게 코를 훌쩍이며 연희가 물었다.

연호가 연희를 돌아봤다. 어쩐지 쓸데없는 일을 캐묻는 것만 같아 연희는 연호를 똑바로 볼 수 없었다.

"연희 씨에 대해 알려줄 것이 있다고 하더군요." 짧고 간결하게 연호가 말했다.

불이 붙은 것처럼 머릿속이 달아올랐다. 짐작은 하고 있었다. 유나의 의도가 무엇인지는 알 수 없다. 아니, 정확히 말해 알고 싶지 않았다. 그러나 유나가 연호에게 알려줄 자신의 이야기라면 뻔하다. 어차피 유나가 아는 연희의 사연은 그것뿐이니까. 이기적이고 무신경한 유나의 행동에는 이골이 나 있다고 생각했다. 하지만 이번엔 경우가 다르다.

그리고 또 불안했다. 연호는 어떻게 생각하고 있을까. 곁눈질로 연호를 살폈다. 평소와 같은 표정이었다. 연희의 시선을 느낀 듯 연호가 돌아봤다. 연희는 서둘러 눈을 돌렸다.

"알고 싶으세요?" 연희는 힘겹게 물었다.

몇 걸음 걷던 연호가 음, 하고 입을 열었다.

"그렇지 않다고 하면 거짓말이겠죠. 연희 씨에 대해서라면 뭐든 알고 싶습니다. 하지만." 연호는 가볍게 고개를 저었다.

"그 사람에게 듣고 싶진 않습니다."

연호는 편안한 표정이었다. 아무렇지도 않은, 기분 좋은 얼굴. 보는 것만으로도 화가 풀리고 불안함이 사라지는. 하지만 저 사람에게 어떤 이야기를 해야 하나. 연희는 아직 알 수 없었다.

"언젠가." 연희의 눈치를 살피듯 주저하며 연호가 말했다.

"연희 씨가 그래야겠다는 생각이 들면 직접 들려주세요." 까딱, 연호가 목을 흔들었다.

"기다리죠."

말없이 연호를 바라보다 연희는 다시 고개를 숙였다. 한참 동안 발끝을 보고 걸었다. 예전의 일들이 머릿속에서 복잡하게 엉켰다. 두 번 다시 생각하고 싶지 않은 기억들. 억지로 잊으려 마음 깊숙한 곳에 치워두었던 선연한 고통과 두려움들. 가장 견디기 힘든 것은 죄책감이었다. 어쩌면 자신의 잘못일지도 모른다. 최소한 자신에게도 잘못은 있다. 그런 것을 생각하면 할수록 몸에 힘이 풀렸고, 고개를 들자 시야가 아찔했다. 다리가 엉키고, 다음 순간 연희는 연호의 품에 안겨 있었다.

깊은 내음이 코에 감겼다. 설명할 순 없지만 어쩐지

그리운 기분이 들어 연희는 한마디도 할 수 없었다.

“이거야 원.” 낮고 부드럽게 연호가 말했다.

“자주 넘어지는군요.”

몸을 떼야 했지만 쉽게 움직일 수 없었다. 사실 움직일 수 없었던 것인지 움직이기 싫었던 것인지 연희조차 알 수 없었다. 가슴이 뛰고 얼굴이 달아올랐지만 기분만큼은 허공에 떠오르는 것처럼 좋았기에 연희는 그저 팔을 늘어뜨렸다.

가만히 연희를 바라보던 연호의 눈동자가 흔들렸다. 똑바로 바라볼 수 없다. 이리저리 눈을 돌리다가 연호의 굵은 목젖이 꿈틀거리는 것을 봤고 그만 눈을 감았다.

숨소리가 가까이 다가왔다. 입술 위에 부드러운 이물감이 느껴졌다. 그리고 멀어졌다.

새가 부리를 비비는 것 같은 짧고 간단한 입맞춤이었다.

택시를 타고 집으로 돌아오는 동안 연호는 여러 가지 이야기를 들려주었다. 처음 일을 시작하게 된 계기. 대학을 졸업하기 전부터 그쪽 업계에서 경력을 쌓았고 빠르게 독립해 자리를 잡았다. 성과가 중요한 일이었다. 거의 사생활 없이 일에 몰두했다. 자리를 잡은 후에도 그렇게 일하는 버릇은 몸에 붙어 있었다.

"하지만." 어두운 택시 안에서 연호는 연희를 가만히 응시했다. 차창 밖에서 흘러들어온 불빛이 연호의 얼굴에 짙은 그림자를 드리우고 있었다.

"이제는 도무지 그럴 수 없을 것 같습니다."

되묻듯 연희는 연호를 빤히 바라봤다.

"일에 집중할 수가 없어요." 연호가 눈썹을 찡그렸다.

"큰일이죠. 조금만 방심해도 손해가 큰데."

딱히 대꾸할 말이 없어 연희는 웃었다. 두 사람은 한동안 킥킥거리며 농담을 주고받다 차에서 내렸다. 당연한 듯 두 사람의 손은 포개어져 있었다.

골목으로 접어들었을 때 연희는 좋지 않은 일들에서 한참 멀어져 있었다. 유나와 유나 이전의 일들은 전혀 떠오르지 않았고 어머니와 피곤한 일상 역시 저만치 물러나 있었다. 오직 손안의 온기와 가슴을 가득 채운 아쉬움만이 현실이었다. 그것은 이상한 느낌이었다. 연호와 맞잡은 손에서부터 천천히 자신의 존재가 퍼져나가는 감각을, 연희는 확연하게 느꼈다.

집 앞에서 걸음을 멈췄다. 두 사람은 손을 잡은 채 그대로 서 있었다. 한참을 주저한 끝에 연호가 목을 숙여 인사했다.

"그럼." 말하면서도 연호는 손을 놓지 않았다.

"네." 대답하는 연희 역시 마찬가지였다.

아주 잠깐 연희는 등 뒤를 돌아봤다. 연희의 방은 불이 꺼져 있었다. 이제 저곳으로 돌아가야 한다. 그리고 다시 짐을 챙겨 병원으로 갈 것이다. 가슴이 쓰렸다. 좋지 않은 기분은 좋지 않은 기억으로 이어졌다. 무심결에 연희는 세차게 고개를 흔들었다. 아주 살짝 당황한 듯 연호가 연희의 기색을 살폈다. 연호를 돌아보자 마음은 가라앉았다.

주저하다, "언젠가." 연희는 말했다.

"다 이야기할게요. 모두 다."

숨을 깊이 들이쉬고, "그때가 되면." 내쉬며 연호가 말했다.

"온 힘을 다해 듣겠습니다."

연호가 웃었다. 그리고 연희도. 침묵이 흘렀다.

"연희 씨는요?" 불쑥 연호가 물었다.

의아한 듯 연희는 연호를 봤다.

"제게 듣고 싶은 이야기가 있습니까?"

가만히 눈을 맞추고 있다가 연희는 고개를 숙였다. 실은 처음부터 있었다. 유나가 대신 물었을 때는 아주 곤란했다. 그것은 자신이 건네야 하는 질문이었다.

"제가." 쉽게 입이 떨어지지 않았지만, 질끈 눈을 감고 연희는 말했다.

"좋으세요?"

온 세상이 잠시 멈춘 것 같은 기분이었다. 하지만 연호의 대답은 기다린 것처럼 곧바로 돌아왔다.

"네."

연희는 고개를 들었다. 연호가 똑바로 자신을 바라보고 있었다. 연호가 말을 이었다.

"거짓말은 하지 않을 겁니다. 한 번도, 앞으로도. 그러니 분명히 말해야겠죠." 연호가 한 걸음 앞으로 다가왔다.

"좋아합니다. 좋아한다는 말이 어울리지 않을 만큼."

연호가 가까이 섰다. 미묘하게 들썩이는 가슴의 움직임이 눈에 들어올 정도로 가까이. "다른 단어로 말할 수도 있겠지만." 소리 없이 연호가 웃었다.

"그건 정말로 필요한 순간에 하겠습니다."

짙고 검은 연호의 눈동자가 연희에게 고정되어 있었다. 아무런 흔들림도, 혹은 망설임도 없었다.

연희는 침을 삼켰다. "그럼." 눈을 감지도 피하지도 않고 연희는 말했다.

"한 번 더 안아주세요."

연호의 팔이 넝쿨처럼 연희의 등에 감겼다.

5

두 사람은 정해진 것처럼 매일 만났다. 연희는 여전히 일이 많아 긴 시간을 보낼 순 없었다. 대부분 연호가 연희를 찾아왔다. 야근을 하는 도중에 잠깐 들러 야식을 건네주는 정도였다. 야식은 간단한 빵이나 과일 같은 것이었다. 연호가 사오는 빵은 독특하면서도 맛이 있었고, 과일은 제대로 물이 들어 있었다. 공들여 고르고 구했을 거라고 연희는 짐작했다. 몇 번인가 연호는 출근길을 바래다주고 싶어 했다. 연희는 완곡하게 거절했다. 대부분의 출근을 병원에서 해야 했다. 어머니의 입원에 대해 간략하게 설명하긴 했지만 자세한 내막을 말하기는 어려웠다.

쉬는 날에는 거의 하루 종일 함께 시간을 보냈다. 오전에 만나 그날이 지나갈 때까지. 거창한 일을 하는 것은 아니었다. 함께 밥을 먹고 차를 마시고 가벼운 일상 이야기를 나눴다. 영화나 공연을 보기도 했다. 몇 가지 약속을 했다. 여름이 익으면 갈 만한 곳들과 겨울이 다가오면 가야 할 곳들. 잠을 자고 와야 하는 곳과 며칠이 걸리는 곳들. 연희는 여전히 조심스러웠지만 그런 이야기를 나누는 것만으로 충분히 행복했다. 언젠가 연호와 약속한 시간을 보낼 수 있기를 누구보다 절실히 바랐다.

때때로 불안한 예감이 닥쳤다. 아직 말하지 못한 것이 있었다. 우선 어머니. 그녀에 대해 어떻게 이해시킬 수 있을까. 툭하면 짜증을 내고 괜히 심술을 부리는 어린애 같은 사람을, 연호는 어떻게 생각할까. 다른 무엇보다 그런 사람을 모두 받아줘야만 하는 자신을 연호는 어떻게 여길까.

그리고 좋지 않은 기억. 그것은 돌연한 사고이거나

일종의 실수였다. 하지만 거기에 대해 이야기하는 것은 수치스럽고 아팠다. 연호의 반응이 두려운 것은 아니었다. 오히려 그 이야기를 털어놓음으로 해서 연호에게 위로받고 싶은 마음도 있었다. 그러나 사연을 전하는 것은 전혀 별개의 문제였다. 연희에게 그 일은 깊이 박힌 가시와도 같았다. 건드리는 것만으로도 눈물이 나올 만큼 아릿한 고통이 퍼졌다.

불편한 일도 있었다. 연호와 함께 걸을 때마다 연희는 지나가는 사람들의 시선을 느꼈다. 아름다운 여성이 선망의 대상이 되는 일은 흔하다. 그러나 멋진 남성의 경우는 조금 다르다. 대부분의 여성들은 나름의 아름다움이 있고, 그것은 종종 안심할 수 있는 선호로 소비된다. 그러나 멋진 남성은 드물고, 그들의 지나친 매력은 불온한 것으로 간주된다. 연호를 바라보는 사람들의 시선은 어딘지 모르게 은밀하고 끈끈했다.

"그럴 리가요." 그런 느낌을 연호에게 말했을 때 연호는 고개를 저었다.

"저보다는 연희 씨를 보는 것 아닐까요?" 농담처럼 연호는 그 말을 받아넘겼다.

반은 맞는 말이었다. 연호에게 가 닿았던 사람들의 시선은 끝내 연희에게로 향했다. 사람들의 눈길이 돌아올 때마다 연희는 자격을 갖추지 못한 사람이 된 것만 같았다. 몇 번인가 납득하지 못하는 표정이나 노골적으로 비웃는 얼굴을 본 것 같기도 했다. 기분 탓이라고 스스로를 다독였지만 잊을 만하면 비슷한 시선이 돌아왔고 그때마다 연희는 위축됐다.

외모만의 문제는 아니었다. 단순히 말해 연호는 돈이 많았다. 특별히 씀씀이가 헤픈 것은 아니었다. 연희가 차를 사거나 극장 티켓 값을 내는 일도 있었다. 하지만 그 이외의 비용에 대해 연희는 무지했다. 연호가 연희에게 제공하는 것은 지금껏 어디서도 접해보지 못한 것들이었다. 아무런 상표도 달리지 않은 지갑이나 섬세하게 만들어진 액세서리들. 믿을 수 없이 맛있는 음식과 딱 맞춰놓은 것처럼 좋은 분위기의 가게들. 단순히 돈을 들이는 문제가 아니었다. 그런 유의 소비가 가능한 삶의 형태가 무엇인지, 그런 경험을 제공하는 데에 어느 정도의 비용이 드는지 연희는 전혀 몰랐다.

그럼에도 연희는 연호의 재력이 자신의 상상을 훨씬

뛰어넘는다는 것을 짐작할 수 있었다. 그런 짐작을 가능하게 하는 일들은 예상하지 못한 순간 아주 생생히 떠올랐다.

휴일에 회사로부터 호출을 받은 적이 있었다. 임원진 쪽의 누군가가 연희의 팀이 맡은 업무를 문제 삼아 급하게 보고를 준비해야 했다. 연희가 통화하는 소리를 가만히 듣고 있던 연호는 연희에게 양해를 구하고 밖으로 나갔다. 몇 분 후 연호가 돌아왔다. 연희가 회사에 들어가야 한다고 말하자 연호는 알겠다며 웃었다. 연호의 차를 타고 회사로 가던 도중 회사로부터 전화가 왔다. 보고가 취소되었다는 이야기였다.

"잘됐군요." 연호는 빙글빙글 웃었다.

"이대로 밥을 먹으러 가죠."

교외의 한식집에 자리를 잡았을 때 어떤 예감이 들었다.

"연호 씨가 한 거예요?" 직설적으로 묻자 연호는 살짝 난감한 표정을 지었다.

"화내지 않겠다고 약속하면 말하죠." 한풀 꺾인 목소리로 연호가 말했다.

연희는 고개를 끄덕였다.

"그 임원 말이죠." 창밖을 보며 연호는 말했다.

"부사장에게 호출받았을 겁니다." 장난을 치다 들킨 어린애처럼 연호는 딴청을 부렸다.

"연희 씨 회사의 부사장이 오래전부터 우리 쪽에 돈을 맡기고 싶어 했거든요. 그걸 받는 대신 아무것도 묻지 않고 오늘 하루는 그 임원과 시간을 보내기로 했습니다." 연호의 얼굴에 심술궂은 웃음이 번졌다.

"같이 골프를 칠지 아니면 혼을 낼지 알 수는 없지만요."

부사장의 일정을 마음대로 조종하는 것도 놀라웠지만 다른 무엇보다 '아무것도 묻지 않고'가 가장 기막힌 이야기였다. 연호가 부사장에게 내건 조건은 누가 들어도 불합리한 것이었다. 그럼에도 부사장은 그 조건을 들어주었다. 그것도 믿을 수 없이 빠른 시간에. 대체 어느 정도의 돈을 맡기로 했기에 그런 미심쩍은 부탁을 단번에 들어주는 걸까. 연희는 아연한 기분을 애써 삼켰다.

인정하고 싶지 않았지만 엄연한 사실이었다. 지우려

해도 꼬리처럼 따라붙는 생각. 연호는, 자신에게 과분하다.

어떤 면에서 이러한 생각은 누군가에게 도취된 사람에게는 당연한 것일지도 모른다. 상대방의 모든 것이 근사해 보이는 것. 그것이 설사 긍정적이지 않은 부분이라 하더라도 그런 부분조차 일종의 매력으로 작용하게 된다. 아니, 애초에 이런 감정에 빠진 사람들은 상대방에게서 부정적인 면을 발견조차 할 수 없다. 그들에게는 도취 대상의 특징 전부가 아름답고 숭고하다. 호전적인 기질은 과단성이 되고, 우유부단한 성격은 신중함이 되며, 약삭빠름은 지혜로움으로, 무능력함은 순진함으로, 비겁함은 사회성이, 멍청함은 착함이 된다. 물론 연희의 경우는 조금 달랐다. 연희에게 연호는 이러한 판단조차 불가능할 만큼 자연스럽게 다가왔고 다가온 후에는 그 어떤 판단도 할 필요가 없었다. 연호에게는 그 어떤 균열도, 그림자도, 불협화음도 없었다. 연호는 오직 연희를 위해 준비된 일종의 기적과 같았다.

조건으로 사람을 따지진 않는다고 연희는 생각해왔다. 이전에 연희에게 접근했던 남자들의 경우는 조건

이전에 상황과 마음의 문제였다. 그들을 만날 만큼 연희는 편하지 않았고 그들 중 누구도 연희를 흔들지 못했다. 연호는 달랐다. 처음 만난 순간부터 지금까지, 연호는 연희에게 착실히 스며들어가고 있었다. 돈이나 외모가 아니라 조금 다른 이유로, 설명할 수 없지만 다른 무엇보다 확실한 예감으로, 연희는 연호를 받아들였다. 그렇다면, 그러니까 조건을 따지지 않는다면 부족함을 감수하는 것처럼 과분함 역시 동등하게 받아들여야 하는 것 아닐까.

머리로는 그런 사실을 이해하고 있었다. 그럼에도 연희는 견딜 수 없이 자신이 작아지는 것을 느꼈다. 연희가 몰랐던 것을 연호가 안겨줄 때마다, 사람들이 돌아볼 때마다, 어머니가 투정을 부릴 때마다, 그리고 이전에 겪었던 일이 떠오를 때마다 연희는 자신의 손을 잡거나 팔을 두르고 있는 연호가 뜨겁고 아팠다. 그럴 때면 당연한 듯이 그러한 온기와 실감이 삽시간에 사라져버리는 일이 떠올랐고, 아직 찾아오지도 않은 그 상실감이 주는 고통에 온몸이 아득해졌다.

그럼에도 연희는 연호와 만나는 일을 멈출 수가 없었

다. 연호는 제때 나타났다. 평일의 남는 시간과 야근 도중에, 그리고 연희가 쉴 수 있는 모든 순간에 연호는 곁에 있었다. 만나지 않을 이유가 없었다.

다른 무엇보다 연희 스스로 연호와 함께 있고 싶었다. 만나지 않을 때면 그가 무엇을 하나 궁금했고 같이 있는 동안에는 아무 생각도 할 수 없었다. 연호는 언제나 자상하고 세심했다. 연희가 무엇을 원하는지 미리 알았고, 연희가 몰랐던 것을 가장 편한 방식으로 제공했다. 아주 간결하게, 연호와 만나는 일은 그저 즐거웠다.

더 중요한 것이 있었다. 그것은 쉽게 표현할 수 없는 부분이었다. 세상 사람들 중 오직 연희만이 알 수 있는 사실. 그러니까 자신을 바라보는 연호의 눈을 마주 보는 일. 자신에게 연호가 손을 뻗는 방식이나 나란히 걸을 때 조심히 발을 딛는 동작 같은 것. 자신 앞에서 난감한 일이 벌어졌을 때, 그러니까 연희가 가고 싶었던 곳이 문을 닫거나 연호가 준비한 선물을 기꺼이 받을 수 없을 때 연호가 짓는 표정을 볼 때. 부끄러운 듯 눈을 피하고, 딴청을 부리고, 애원하듯 눈을 굴리는 모습을 발견할 때. 그럴 때마다 연희는 확신했다. 그가 자신을 사랑하고 있다. 다른 누구, 그 무엇보다도 더.

그 사실을 깨달을 때마다 연희는 마찬가지의 감정을 느꼈다. 누구보다도, 다른 무엇보다 더, 연호를 사랑하고 있다. 누구에게도 방해받고 싶지 않고 필요하다면 무엇이든 버릴 수 있다. 그의 손을 잡을 수만 있다면, 그에게 안기거나 입을 맞추고, 이마 아래 머리카락이 내려왔을 때 눈을 찌르지 않도록 옆으로 넘겨줄 수 있다면, 그의 팔이 자신의 어깨를 두를 때 손바닥으로 그의 가슴을 쓰다듬을 수 있다면, 그가 발을 디딜 때 보폭을 맞춰 같은 방향으로 걷고, 그가 숨을 들이쉬고 내쉴 때 그의 숨소리를 들으며 함께 호흡할 수 있다면. 그럴 수만 있다면 무슨 짓이든 할 수 있을 것만 같다. 그런 순간을 방해하는 모든 것이 싫고, 애초에 그런 것들은 떠오르지도 않았다.

그러므로 연희는 그저 연호와 시간을 보냈다. 그를 사랑하기에 다른 상황을 상상할 수 없었고 그것은 아마 연호도 마찬가지일 거라고, 생각했다.

"부모님은 외국에 살아요."

휴일 오후, 차를 마시던 중이었다. 가족에 대해 묻자 연호는 대답했다.

"대학교 다니던 시절부터 줄곧 그랬어요. 그땐 그래도 방학마다 만나긴 했는데 어느 순간부터 좀 소원해지기 시작했어요. 요즘은 안부만 전하는 편이에요."

묘한 기분이 들었다. 실은 연호에게 묻기 전에 연희는 연호에게 가족이 없는 건 아닐까 생각했기 때문이다. 연호에게는 그런 느낌이 있었다. 일반적인 관계 속에 묶여 있지 않은 분위기. 돌이켜 생각해보면 바보 같은 생각이었다. 당연히 연호에게도 부모는 있을 것이다. 그들에게 연희는 어떻게 비칠까. 거기에 생각이 미치자 갑자기 침울해졌다.

"기본적으로는 서로 간섭하지 않는 주의예요." 연희의 표정을 살피며 연호가 말했다.

"지금까지 그랬고 앞으로도 그럴 거예요. 그 부분에 있어서는 확실하죠. 이민 간 곳이 워낙 멀어 간섭하고 싶어도 그러기 힘들 거고. 뭐, 한국으로 다시 돌아온다고 하면." 연호가 웃었다.

"같이 이민 가요."

연희가 따라 웃었을 때, "어머니를 만나고 싶습니다." 하고 갑자기 연호가 말했다. 아무렇지 않은 표정이었지만, 그 표정이야말로 더할 나위 없이 신중한 판단 끝에 나온 말이라는 것을 연희는 알고 있었다.

"늘 생각하고 있었어요. 만나 뵙고 인사드려야 한다고. 그런 후에." 간혹 짓는 부끄러워하는 표정. 눈을 피해 괜히 다른 곳을 바라보며 아무렇지 않은 것처럼 군다.

"다른 일들은 차차 상의하죠."

다른 일들. 그것이 무엇일지 연희는 예상할 수 있었다. 한 번도 제대로 입 밖에 낸 적은 없지만 연희는 연호가 전과 다른 어떤 관계를 다지려 한다는 것을 짐작해왔다. 아니, 짐작이라기보다는 연희 스스로가 그런 일을 바라고 있었기에 막연히 기대했던 것일지도. 그리고 지금 연호는 연희의 기대대로, 아니, 기대보다 더 신속하게 다른 지점으로 나아가려 하고 있었다.

동시에 기대하지 않았던 불안감이 솟아올랐다.

괜찮을까.

천천히 차를 마시며 연희는 연호와 만난 시간들을 헤

아렸다. 석 달 정도 된다. 괜찮은 걸까.

물론 더 빠르고 급하게 여러 가지를 결정하는 사람들이 있다는 것은 알고 있다. 하지만 연희는 그런 사람이 아니었다. 오히려 이런 부분에 있어서는 지극히 무지하고 미숙했다. 애초에 누군가를 만나 앞날을 약속한다는 것 자체를 상상해본 적이 없다. 그런데 어머니라니.

어머니를 떠올렸다. 병원 침대에서 앓는 소리를 내는 어머니. 자기 앞에서는 더욱 크게 신음하고 병실의 환자들에게 일일이 참견하며 지나가는 모든 의사들을 붙잡고 하소연을 늘어놓는 사람. 이기적이고 어린애 같은 여자. 그런 사람을 연호에게 소개해도 될까.

그리고 전혀 다른 어떤 생각도 뒤따랐다. 아주 속물적인 생각. 지금의 자신과 어머니를 감당하고 상황을 개선하는 데 연호만큼 적당한 사람은 없지 않을까? 연호의 고객 중에는 당연히 의사도 있을 것이다. 연호의 능력이라면 손쉽게 그들의 협조를 얻어낼 수 있다. 그렇다면 어머니는 연호를 더욱 마음에 들어 하지 않을까. 연호의 도움 아래 마음껏 응석을 부릴 의사와 병원을 찾아낼 수 있다면 말이다. 어쩌면 전문적인 간병인을 구할 수 있을지도 모르고, 그러면 자신 역시 어머니에게서 자유로워져 연호와……

한 번도 떠올려보지 못했던 상념에 연희는 스스로 놀랐다. 생각을 가다듬으며 차를 마시고 있을 때 연호가 걱정스러운 눈길로 연희를 돌아봤다.

"부담되나요?" 연호가 물었다.

연희는 고개를 저었다. "아뇨. 그게 아니라." 확실히 부담은 아니었다, 하지만.

가만히 연희를 바라보던 연호가 상체를 앞으로 내밀었다. 재빠르지만 위협적이지는 않은 몸짓으로 연호는 손을 뻗어 연희의 입술 주변을 만졌다.

"입술이 부르텄어요." 자리에 앉으며 연호가 말했다.

"여전히 일이 많은가봐요."

연호의 말처럼 회사는 다시 바쁜 일정에 들어서고 있었다. 눈에 띄게 연호를 만날 수 있는 시간이 줄어드는 참이었다.

"불필요한 참견을 하고 싶진 않습니다." 연호가 천천히 입을 열었다.

"계속 그 일을 하고 싶다면 그렇게 하면 됩니다. 다른 일을 하고 싶다면 돕죠. 아무 일도 하고 싶지 않다면.”
피식 웃으며 연호가 말을 이었다.

“아주 좋을 것 같네요.”

연호의 농담에 연희는 웃었다. 연호가 말을 이었다.

“무엇이든 연희 씨가 원하는 대로 했으면 좋겠어요. 연희 씨의 어머니를 만나려고 하는 건 그 때문이에요. 연희 씨가 원하는 것을, 좀 더 제대로 도울 수 있도록.” 동의를 구하듯 연호는 고개를 까딱, 흔들었다.

“그러니 부담 갖지 말아줘요.”

연희는 연호의 얼굴을 살폈다. 묘한 표정이었다. 단호하면서도 조심스럽고, 부드러우면서도 확고했다. 어떤 종류의 믿음을 품고 있지만 동시에 거절에 대한 두려움 역시 섞여 있었다. 요구이기도 했고 부탁이기도 했으며, 아주 쉽게 고집이나 애원의 지점으로 갈 수 있는 감정의 상태가 그대로 드러나 있었다. 말과 행동을 통틀어 연희는 이해하고 믿었다. 연호는 진심이었다. 그러니 자신은 그 진심에 응할 필요가 있었다.

“네.” 일부러 목소리를 내어 연희는 말했다.

“그렇게 할게요.”

대답을 들은 연호가 고개를 숙였다. 보지 않아도 연희는 연호가 수줍게 웃고 있다는 것을 알았다.

무척, 기분이 좋았다. 자신이 원하는 사람이 보다 확실한 관계를 원하고 있다. 기분이 좋지 않을 이유가 없었다.

그러나 또한, 기쁨만으로 이길 수 없는 감정 역시 스멀스멀 가슴에 번졌다. 문제는 여전히 남아 있었고, 해결된 것은 아무것도 없었다.

"만난 지 얼마나 됐냐?"

한참 동안 듣고 있던 어머니가 퉁명스레 물었다.

"석 달 정도요." 막상 말하고 나니 그야말로 당황스러웠다. 3개월. 정말 그 정도밖에 되지 않았나? 그 수많은 감정들. 가볍게 떠오르거나 육중하게 가라앉는 기분, 온몸에 퍼지고 입 밖에 낼 수 없는 그 모든 감각이 정말 석 달 만에 찾아든 것이란 말인가.

그렇다면 그 감정들이 사라지는 데는 어느 정도의 시간이 걸릴까. 눈앞의 어머니도 잊은 채 연희는 우울한 기분에 휩싸였다.

"뭐 하는 사람인데?"

날이 선 말투로 어머니가 물었다. 아주 잠깐 연희는 망설였다. 연호의 일에 대해 뭐라고 설명해야 어머니가 오해하지 않을까.

"사업해요." 말하고 나니 어쩐지 불안정한 일을 하는 사람 같아서, "견실한 회사예요." 덧붙이고 나니 어쩐지 변명하는 것 같아서, "작은 회사지만요." 하고 연희는 덧붙였다.

잔뜩 못마땅한 얼굴로 어머니는 연희를 노려봤다. 이마와 눈썹 사이에 유독 골이 깊게 패 있었다. 좋지 않은 어머니의 표정에 연희는 어쩐지 조바심이 났다.

"좋은 사람이에요."

어머니의 표정은 여전했다. 뭔가 연호에 대해 더 설명할 것이 없을까? 속물처럼 보일지 몰라도 돈이 아주 많은 사람이라고 한다면? 하지만 연호의 재력을 강조했을 때 어머니는 자신을 어떻게 생각할까? 그런 부분을 걱정해야 할 정도로 연희와 어머니는 소원해져 있었다. 아버지가 돌아가시고 어머니가 입원과 퇴원을 반복하는 동안 벌어진 일이었다.

재력 이외에 연호의 장점은 무얼까. 자상하다, 다정

하다, 아껴준다. 이런 부분은 연희에게만 작용하는 장점이었다. 어머니의 판단에는 아무런 영향도 미치지 못할 것이다. 어머니는 자신만 생각하는 사람이었다. 그녀에게 연호가 제공하는 행복감을 설명하는 것은 불가능했다. 더 할 말을 찾지 못한 채 연희는 입을 다물었다. 몇 분 정도 답답한 침묵이 흐른 뒤, "알겠다." 신경질을 부리듯 갑작스레 어머니가 말을 던졌다.

"한번 보자." 어머니는 병원 침대에 몸을 뉘이고 연희를 봤다.

"언제 데려올래?"

추궁하듯 결정을 종용하는 어머니의 태도는 불편했다. 당장 연호와 만나게 하는 것은 좋지 않을 것 같았다. 연희는 조심스레 말했다.

"당장 만날 필요는 없고요, 퇴원한 후에 천천히 봐요."

"그럴 필요가 뭐가 있어? 보자고 했다며? 어차피 볼 거, 그냥 해치워버리지." 날파리를 쫓듯 어머니가 손을 흔들었다.

"다음 주에 데려와라."

"데려와요?"

뚱한 얼굴로 어머니가 고개를 끄덕였다.

"그럼 어디서 보니? 그놈 만나려고 퇴원해?" 어머니가 한숨을 쉬었다.

"아직 몸이 안 좋다. 여기서 보자."

더 용무가 없다는 듯 어머니는 등을 돌리고 눈을 감았다.

암담했다. 어머니가 병원에 있다는 것을 연희는 아직 말하지 못했다. 물론 연호는 이해할 것이다. 그러나 환자복을 입고 있는 어머니를 만나게 하는 것은 부담스러운 일이었다.

낮이었지만 밤새도록 깨어 병원을 돌아다니던 어머니는 금세 잠이 들었다. 모로 누운 어머니의 등은 숨소리에 맞춰 규칙적으로 솟았다 가라앉았다. 연희는 잠든 어머니를 우두커니 바라봤다. 야속한 기분이 들고, 몹시 화가 났다가, 이내 지쳤다.

병원 로비에 들어서는 연호를 보자마자 연희는 그의 팔을 잡아끌고 어디론가 도망가버리고 싶었다. 전날 연희는 연호에게 어머니의 입원을 힘겹게 알렸다. 자세한 설명 없이 가벼운 질환 때문이라고만 말했고 연호는 더 캐묻지 않았다.

하다못해 병원의 커피숍에서 연호를 만나자고 어머니에게 부탁했다. 어머니는 그나마도 무시했다. 오히려 시위하듯 아침부터 내내 침대에 누워만 있었다. 어머니는 다른 어느 때보다도 예민했고 그녀의 시중을 드느라 연희는 녹초가 되어 있었다.

연호는 자주 입던 검은 슈트 차림이었다. 연희를 발견한 연호가 바쁘게 걸어왔다. 연호의 팔에는 커다란 꽃다발이 안겨 있었다. 단정한 모양으로 묶인 하얗고 길쭉한 백합이었다. 꽃은 상하거나 물러진 곳 없이 싱싱했다.

"과일 같은 걸 사볼까도 생각했는데 너무 흔한 것 같아서요." 연호가 멋쩍은 미소를 지었다.

"마음에 들어 하실까요?"

연희는 힘없이 고개를 끄덕였다.

"예뻐요."

두 사람은 병실로 갔다.

네 사람이 쓰는 병실에는 어머니뿐이었다. 침대 하나는 원래 비어 있었고, 다른 두 환자는 주말을 맞아 외출한 참이었다. 치료가 다 끝나가는 사람들을 위한 병실이었다. 어머니 혼자 병실을 지키는 일은 흔했다.

연희는 한발 먼저 병실에 들어섰다. 침대에 누운 어머니에게 연호가 왔음을 알렸지만 어머니는 움직이지 않았다. 조심스레 연호가 침대 곁에 섰다. 그제야 어머니는 몸을 뒤척여 연호를 올려다봤다. 연호는 정중하게 허리를 숙여 인사했다. 어머니는 미동도 하지 않았다.

"몸이 이러니 이해해요." 기어들어가는 목소리로 어머니가 말했다.

연호는 차분히 손을 저었다.

"진작 찾아뵀어야 하는데, 오히려 죄송합니다."

연희는 괜히 고개를 숙였다. 멀뚱히 연호를 훑어보던 어머니는 꽃다발을 가리켰다. 연호는 들고 있던 꽃다발을 어머니에게 건넸다. 꽃다발을 받아든 어머니는 슬쩍 냄새를 맡더니 인상을 구겼다.

"냄새가 독하네." 어머니는 꽃다발을 침대 한쪽에 던져두었다. "어디 치워라." 어머니가 턱짓했다. 연희는 서둘러 꽃다발을 주워올렸다.

꽃다발을 든 채 연희는 연호를 돌아봤다. 미소 띤 얼굴 그대로 연호의 표정에는 변화가 없었다. 연희는 창가에 꽃다발을 놓았다.

“문병 오는데 그 옷은 뭐예요?” 어머니가 말했다.

“새까만 게 문병이 아니라 문상 온 사람 같네.”

무안을 주기 위한 말이었다. 연희는 연호의 안색을 살폈다. 어머니의 말이 떨어지자마자 연호는 지체 없이 웃옷을 벗었다. 벗은 옷을 무릎에 내려두고 연호가 고개를 숙였다.

“생각이 짧았습니다.”

침착하고 정중한 태도였다. 하지만 그런 태도가 어머니의 심기를 더욱 건드린 모양이었다.

“뭐 하려고 보자 한 거예요?” 잔뜩 사납게 어머니가 말했다. “몸도 안 좋은 사람을?”

“인사를 드리고 싶었습니다.” 공손하게 눈을 깔고 연호가 말했다.

“그뿐입니다.”

“그러니까 무슨 인사? 우리가 무슨 사이라고?”

침묵이 흘렀다. 연호는 가만히 어머니를 바라봤고 어머니는 그런 연호를 못마땅한 표정으로 마주 봤다. 연희는 두 사람 사이에 끼어 뭔가 할 말을 떠올려 봤지만, "아무 사이도 아니죠? 그런데 무슨 인사야?" 어머니의 말이 먼저 울렸다.

우습게도, 연희는 어머니의 신경질적인 태도보다 아무 사이도 아니라는 말이 더욱 가슴에 맺혔다. 틀린 말이 아닐지도 모른다. 둘은 아무 사이가 아닐지도.

"그렇지 않습니다." 신속하고 간결한 답이었다. 슬쩍 연희에게 눈짓하고, "저는 연희 씨를 무척 아끼고 있습니다."라고 연호가 말했다.

자세를 가다듬은 뒤 연호는 똑바로 어머니를 바라봤다.

"연희 씨를 무척 아끼고 있습니다." 다짐하듯 같은 말을 반복하고 잠시 뜸을 들였다가 연호는 말을 이었다.

"그래서 어머니께 인사를 드리려는 겁니다. 무척 아끼고, 계속 그리고 더욱, 그렇게 하고 싶으니까요."

가만히 연호를 노려보던 어머니가 연희를 향해 눈짓했다. 어머니가 손을 뻗었다.

"거기 물 좀 다오."

한 박자 늦게 연희는 컵에 물을 담았다. 답답한 가슴이 세차게 뛰고 있었다. 물을 건네며 연호를 살폈다. 연호는 미동도 없이 어머니를 바라보고 있었다. 컵을 받아든 어머니는 물을 한 모금 마시고 손을 돌렸다. 반쯤 물이 남은 컵이 어머니의 손에서 허망하게 떨어졌다. 물은 연호의 무릎에 쏟아졌고, 컵은 연호의 발밑에서 깨졌다.

"이런." 어머니가 혀를 찼다.

"손에 힘이 없어서."

당황한 기색도 미안함도 없었다. 어머니는 그저 빤히 연호를 바라볼 뿐이었다. 연희는 급한 대로 티슈를 잔뜩 뽑아 연호의 무릎에 올렸다. 연호는 물기를 닦아내는 연희의 손을 부드럽게 물렸다. 연호의 시선은 변함없이 어머니에게 고정되어 있었다. 컵을 주우려 연희가 허리를 숙였을 때 비로소 연호가 움직였다.

"제가 줍죠."

연호는 컵의 깨진 조각에 물기를 먹은 티슈를 올리고 조심스레 컵 조각을 주워 휴지통에 넣었다. 연호가 자리에 다시 앉기도 전에 어머니가 말했다.

"무슨 마음인지는 알겠는데 얘는 안 돼요." 어머니가 냉랭하게 웃었다.

"남편 죽은 뒤로 식구라고 해봐야 얘랑 나뿐이에요. 얘마저 없으면 내가 누굴 의지하겠어?" 연희를 가리키며 어머니는 말을 이었다.

"가뜩이나 없는 형편에 나는 몸도 안 좋고. 아무튼 댁 같은 사람에게 한눈팔 시간 없어요. 그러니." 어머니가 침대에 몸을 눕혔다.

"안 본 걸로 하죠."

더 할 말이 없다는 듯 어머니는 눈을 감았다. 연호가 허리를 숙였다.

"다시 찾아뵙겠습니다."

"그럴 필요 없다니까." 짜증 섞인 목소리로 어머니가 중얼거렸다.

몇 마디 덧붙이려는 듯 연호는 우물거리다가 울상이 된 연희를 본 후 그대로 입을 닫았다. 돌아보지도 않는 어머니를 향해 다시 한번 인사한 후 연호는 돌아섰다. 연희가 연호를 따라나섰을 때 등 뒤에서 어머니가 빽

소리쳤다.

"어디 가냐?" 어머니는 잔뜩 화가 난 얼굴로 침대에서 반쯤 몸을 일으켰다.

"이리 못 와?"

병실 입구 앞에서 연호는 연희의 어깨를 부드럽게 잡았다.

"들어가봐요." 연호는 미소 지었다.

"나중에 연락하죠."

말을 붙일 새도 없이 연호는 돌아서 복도 끝을 향해 걸어나갔다.

어머니의 말이 쏟아졌다. 어디 저런 놈이 있냐, 아픈 사람 보자 해놓고 저렇게 가는 거 봐라, 아예 틀려먹었다, 마음 고쳐먹어라, 적어도 내가 좀 나아질 때까지는 기다려야 할 것 아니냐.

연희는 어머니를 봤다. 씩씩거리는 어머니에게선 병색을 찾을 수가 없었다. 더욱 사납고 날카로운 말들이 쏟아졌다. 귀를 막고 싶을 정도였지만 연희는 고개를 숙인 채 잠자코 어머니의 말을 들었다.

"남자 때문에 눈에 뵈는 게 없니?" 새된 목소리가 울렸다.

먹구름이 얹힌 것 같던 가슴에 이내 뾰족한 적의가 솟아올랐다.

"그럼 어떻게 할까요?" 연희가 물었다. 무슨 말이냐는 듯 어머니는 고개를 모로 틀었다. 떨리는 손을 무릎 위에 모아 쥐고 연희는 말을 이었다.

"이대로 계속 어머니 곁에만 있을까요? 매일 여기서 출근하고 여기로 퇴근하면서 계속 이렇게 살아요?"

생각지 못한 연희의 반응에 어머니는 잠시 할 말을 잃은 듯했다. 억눌린 것 같은 연희의 낮은 호흡과 흥분한 어머니의 거친 숨소리가 섞였다.

"무슨 말이니?" 어머니가 먼저 입을 열었다.

"이렇게 산다는 게 무슨 말이야?"

연희는 고개를 들었다. 침대에서 반쯤 몸을 일으킨 어머니와 눈이 마주쳤다.

"말이 나왔으니 말이지, 내가 왜 이렇게 사는 것 같니?"

평소처럼 사납거나 퉁명스럽지는 않았다. 가슴 안쪽

에서 새어나온 것처럼 깊고 차갑게, 어머니가 입을 열었다.

“너 때문이다. 너랑 네 아버지. 너만 아니었어도 내가 이렇게 살지 않아.”

이상한 말이었다. 나 때문이라고? 연희는 멍하니 어머니를 봤다.

“덜컥 네가 생겨서 이 꼴이다.” 확신을 담아, 고개까지 끄덕거리며 어머니가 말했다.

“네 아버지, 착했지. 나한테는 잘했어. 근데 그거 다 그 사람 책임이다. 그 사람이 부추겨서 이렇게 사는 거야. 얼마나 달콤하게 꼬드겼는지 너는 알지도 못할 거다. 절대 고생 안 시킨다고. 그 말만 믿고 평생 참으며 살았다. 그래놓고 이게 뭐니? 저는 무책임하게 덜컥 가고 나면 그뿐이지만, 나는 어쩌라고?”

몇 번이고 되새겨왔던 것처럼 어머니는 원망 섞인 말을 술술 털어놓았다. 주변의 환자와 의사들에게 반복해서 늘어놓았던 푸념일 것이다.

“너도 마찬가지다. 너만 없었어도 이렇게는 안 됐다. 그 어린 나이에 너 낳고, 제대로 바람 한번 쐬지 못하고 내내 키웠다. 그래서 이런 거야. 너랑 네 아버지 때문에 내가 이렇게 망가졌다. 그런데 이제 와서 뭐가 어째? 여기로 출근하고 퇴근을 해?" 슬쩍 입술을 틀어올리며 어머니는 말을 이었다. "네가 언제 여기로 출퇴근했니? 몇 번을 몇 번을 부르고 불러야 겨우 와서는 수발도 드는 둥 마는 둥 했지. 그나마도 요즘은 거의 코빼기도 안 비쳤고."

동의를 구하듯 어머니는 연희를 바라봤다. 대꾸할 말이 없었다. 어머니가 득의양양하게 웃었다.

"억지로 수발드는 거 갖고 생색내지 마라. 너의 아버지는 그래도 너처럼은 안 했어."

타이르는 것처럼 혹은 일부러 더 심술 맞게 어머니가 말했다. 끓어오르는 화를 참기 위해 연희는 눈을 감았다.

실은 알고 있었다. 어머니가 이렇게 굴 것쯤은.

아버지가 살아 있었을 때 그에게 그랬던 것처럼 어머니는 연희에게 응석을 부리고 있었다. 처음 연희는 그것을 어머니의 나약한 성정 때문이라고 생각했다. 하나 남은 가족이 자신에게 관심을 기울이고 모르는 사람들이 당신을 측은하게 여기는 것. 오직 그것만을 바라며 관심에 목마른 어린애가 그러듯 말썽을 부리는 거라고 생각했다. 이제야 연희는 깨달았다. 지금 보니 어머니의 응석은 적의에서 기인한 것이었다. 자신의 신세에 대한 동정, 혹은 사기 부정. 어머니는 그런 감정을 모조리 아버지에게 쏟아부어왔고, 지금 그것은 연희의 몫이었다. 그 결과로 자신은 물론 연희마저 시들어가거나 아예 송두리째 망가진다 해도 어머니는 기꺼이 그쪽을 택할 터였다. 어차피 어머니에게 살아갈 목적과 보람은 얼마 남지 않았기에.

연희는 일어섰다. 병실을 나설 때 등 뒤에서 어머니가 소리쳤다.

"어디 가니?"

자기도 모르게 연희는 걸음을 멈췄다. 다시 발을 떼려 했을 때, "뭐 하는 거냐고?" 하고 어머니가 물었다. 대답할 필요 없다고 생각했지만 저절로 입이 열렸다.

"답답해서요." 생각 없이 답하고 연희는 서둘러 덧붙였다.

"바람 쐬려고."

어머니는 혀를 끌끌 찼다. 더 말을 붙이기 전에 연희는 서둘러 복도를 걸었다.

복도 끝의 계단실에서 연희는 핸드폰을 꺼냈다. 망설여졌지만 조급한 마음이 더 컸다. 연호의 번호를 누르고 핸드폰을 귀에 댔다. 신호음을 들으며 연희는 마음을 가다듬었다. 우선은 사과를 하고, 다시 사과하고, 화가 풀리도록 사과한 후에. 그러니까, 사과 이외에 다른 말은 떠오르지 않았고, 그리고.

신호음이 끊기고 음성 메시지에 대한 안내가 이어졌다.

당황스러웠다. 전화를 걸었을 때 통화가 되지 않는 것은 아주 오랜만에 겪는 일이었다. 이 생소한 기분은 어디에서 온 걸까.

그러고 보니 최근 연호 이외의 다른 사람에 전화를 걸어본 적이 없었다. 일에 관련된 연락은 대부분 메일과 메신저를 통해서 이루어졌고 따로 전화를 걸 만큼 친한 사람은 없었다. 그리고 연호는.

비로소 연희는 깨달았다. 연호가 처음으로 자신의 전화를 받지 않았다.

남은 시간을 어떻게 보냈는지 기억이 희미했다. 정신을 놓은 채 어머니의 푸념과 신경질을 받아내다가 몸이 안 좋다고 둘러댔다. 쏟아지는 타박을 뒤로하고 집에 돌아왔을 때는 해가 저물 무렵이었다. 줄곧 핸드폰을 만지작거렸다. 몇 번이나 전화를 걸어보려 했는지 셀 수도 없었다. 내내 전화하고 싶었기 때문에. 연희는 그 마음을 모두 참았다.

한참 동안 멍하니 앉아 있었다. 어쩔 수 없이 모든 신경이 핸드폰에 쏠렸다. 연희는 가만히 연호의 전화를 기다렸다.

기다리는 것에는 익숙했다. 적어도 그렇게 생각했다. 아주 오랫동안 많은 것을 기다려왔으므로. 하지만 연호의 전화를 기다리는 것은 조금 달랐다. 이전에 다른 누군가 혹은 무언가를 기다리는 것은 당장의 상태가 달라지는 것을 느끼는 행위에 다름없었다. 그것은 일종의 방심 상태이거나 혹은 무엇에도 마음을 두지 않은 채 먼 곳에 몰입하는 일이었다. 먼 곳, 혹은 아직 오지 않은 것. 바라지 않는 것. 가본 적 없는 곳. 없어도 되거나, 있은 적 없는 것. 무의미한 것.

비로소 연희는 초조해졌다. 다른 것을 기다릴 때는 아무것도 상관없었다. 연호의 전화는 달랐다.

연희는 몸을 일으켰다. 몇 개의 그릇을 설거지하고 닦아놓은 그릇을 다시 씻었다. 밀린 빨래를 돌리고 집 안 구석구석에 묻어 있던 먼지를 닦았다. 한숨을 돌린 후에도 전화는 오지 않았다. 거실 한복판에 다리를 모으고 앉아 있다가 연희는 그대로 잠이 들었다.

소스라치게 놀라 잠을 깼을 땐 밤이었다. 핸드폰이 빛을 내고 있었다. 연희는 서둘러 전화를 받았다.

숨소리가 들렸다. 그리고 침묵. 참을 수 없어 입을 열려 했을 때, "연희 씨." 하고 연호가 말했다.

평소와 같은 목소리였다. 마음이 무겁게, 그리고 차분하게 가라앉았다. 다시 숨소리.

"급한 일이 생겨서." 목소리에 잔뜩 미안함이 묻어 있었다. "전화를 받지 못했습니다."

살짝 억울한 기분이 들었다. 급한 일을 이해하지 못하는 것은 아니다. 그러나 연호가 급한 일을 하는 동안 연희는 더 절박했다. 하지만 그런 기분을 어떻게 설명할 수 있을까.

“미안해요.” 한 발 먼저 연호가 사과했다.

“말을 해두었어야 했는데 당장 손을 써야 하는 일이라서.” 잠시 침묵이 흐르고, “정말 미안합니다.” 다시 연호가 사과했다.

이젠 상관없다고 연희는 생각했다. 억울함도 절박함도, 정말로 상관없었다. 어쨌거나 다시 목소리를 들을 수 있으므로.

하지만 의문스럽다. 아무렇지도 않은 연호의 태도가 연희는 생경했다. 병원을 나서며 그는 어떤 생각을 했을까.

“괜찮아요?” 연희가 묻고 싶은 말을 도리어 연호가 물었다.

덜컥 눈물이 날 것 같았다. 하지만 울 순 없었다. 한나절 연락이 되지 않은 것 때문에 울고 싶진 않다.

“연희 씨.” 다시 연호가 이름을 불렀다.

“네.” 가까스로 대답했다.

잠시 망설이듯 가만히 있던 연호가 입을 열었다.

“일이 생긴 건 사실이지만 그건 핑계일지도 모르겠

네요." 뜸을 들였다가, "실은 겁이 났습니다." 연호가 말했다.

자세한 설명이 없어도 연희는 연호의 말을 알아들을 수 있었다. 연희 역시 그랬으므로.

"괜찮은가요?" 전과 같은 질문이었지만 보다 조심스러운 말투였다. "우리는."

이 남자는 어떻게 이런 말을 할 수 있는 걸까. 자신이 묻고 싶은 것을, 고스란히. 여러 가지가 한꺼번에 떠올랐다. 어머니, 자신, 자신의 상황, 연호. 핸드폰을 고쳐 잡으며 연희는 눈을 질끈 감았다.

"네." 그 외의 어떤 대답도 필요 없다는 듯 짧고 간결하게 연희는 말했다. 온몸의 긴장이 한꺼번에 풀리는 기분이었다.

안심했다는 듯한 한숨과 웃음이 섞여 들렸다. 귀를 간질이는 연호의 목소리에 연희도 안심이 됐다.

"그럼, 됐군요." 조금은 밝아진 목소리였다. "당장에라도 가고 싶지만, 정말로 급한 일이라서." 연호가 부드럽게 웃었다.

"괜찮아요." 연희도 설핏 웃었다. "이제 자려던 참이었어요."

"그래요. 푹 쉬어요. 다시 연락하죠."

연호가 인사했다. 아쉬웠지만 기분이 나쁘지 않았다. 다른 무엇보다, 다시 연락하겠다는 말에 마음이 놓였다.

"네." 한참 밝아진 기분으로 연희는 대답했다.

"다시 연락해요."

그래도 쉽게 전화를 끊을 순 없었고, 연호 역시 마찬가지인 모양이었다. 한참 동안 말이 없던 연호가 문득 입을 열었다.

"어머니는."

연희의 얼굴이 굳었다. 어머니. 그래, 그 문제가 아직 남아 있었다. 연호가 가볍게 한숨을 쉬었다.

"천천히 설득하기로 해요." 애써 아무렇지 않게 연호가 말했다.

"천천히, 시간을 들여 설득하죠."

설득. 어머니에게 그런 것이 통할까 싶은 기분이 들었지만 연희는 아무 말도 하지 않았다.

"네." 연호처럼 애써 대수롭지 않게 연희는 답했다.

"그렇게 해요."

전화를 끊고 연희는 거실 바닥에 엎드렸다. 방에 들어가야 한다고 생각했지만 한꺼번에 긴장이 풀려 손가락 하나도 꼼짝할 수 없었다. 몇 분이 지나지 않아 연호에게서 잘 자요, 라는 짧은 메시지가 왔다.

네, 하고 답문을 보내고 나니 참을 수 없이 눈이 감겼다. 연희는 몸을 펴고 누웠다. 돌아서 멀어지던 연호의 뒷모습이 떠올랐다 사라지고, 어머니에 대한 미움이 잠시 부풀었다가 흩어졌다. 연희는 그대로 잠이 들었다.

다음날 연희가 눈을 떴을 때 어머니는 죽어 있었다.

6

사인은 심장마비였다. 담당의사는 정중하지만 무미건조하게 말했다.

"원래 몸이 좋지 않은 분이었으니까요."

묘한 말이었다. 그런가? 정말로 어머니는 몸이 좋지 않았나? 다른 설명은 필요치 않다는 듯 입을 닫은 의사 앞에서 연희는 특별히 할 말이 없었다. 곁에 있던 연호가 나섰다.

"좀 더 정확하게 사인을 알아보려면 어떻게 해야 합니까?"

의사는 한숨을 쉬었다.

"부검이죠." 의사가 연희를 돌아봤다.

"그렇게 하시겠습니까?"

주저하는 연희에게 의사가 말했다.

"돌연하긴 해도 예후가 없었던 건 아닙니다." 의사는 어머니가 병원을 전전하는 동안 잔뜩 쌓인 진단서를 뒤적거렸다.

"자주 심장 쪽의 고통을 호소하셨고 거기에 대한 진단도 있군요. 입원도 장기간 이어졌고요. 당황스러우시겠지만 이렇게 돌아가시는 것이 아예 드문 것은 아닙니다."

연희는 혼란스러웠다. 분명 예상치 못한 일이었다. 어떻게 된 것인지 알아보고 싶은 마음도 있었다. 하지만 이유를 안다고 해서 어머니가 살아 돌아오는 것은 아니지 않은가?

연호의 시선이 느껴졌다. 걱정스러운 듯 연호는 연희의 안색을 살피고 있었다. 불쑥 연희는 어머니에 대해 고민하는 것이 싫어졌다. 이 이상 일을 복잡하게 만들고 싶지 않았다. 연희는 고개를 끄덕여 의사가 설명한 어머니의 사인을 받아들였다.

읽었던 책의 페이지를 넘기는 것처럼 장례식은 착착 진행됐다. 복잡한 대부분의 일을 연호가 알아서 처리했기에 연희는 아무것도 할 게 없었다. 얼마 되지 않는 친척과 지인들에게 연락하는 것이 전부였다. 그나마도 손으로 꼽을 만큼 찾아오는 사람은 적었다. 어머니는 사람들과 교류가 거의 없었고, 연희 역시 마찬가지였다. 나쁘지 않았다. 연희는 더 이상 번거로워지고 싶지 않았다.

당혹스러울 정도로 연희는 평온했다. 길게 이어진 간병 탓일 거라고 연희는 생각했다. 지난 몇 년간 연희는 많은 것에 익숙해졌다. 피곤과 우울, 그리고 습관적인 포기에. 그런 성향들은 어머니의 죽음에도 착실히 작용했고 덕분에 큰 동요 없이 상을 맞이할 수 있었다. 아버지가 죽었을 때는, 이렇게 장례식을 맞지 못했다. 괴로운 일상이 겨우 끝났다는 것을 떠올리면 얼마간 다행스러운 심정마저 들 만큼 편했다.

오히려 연호가 더 침울해 보였다. 연호는 자기 일처

럼 장례식을 챙겼고 첫날부터 꼬박 연희의 곁에 붙어 있었다. 가끔 연희가 홀로 남을 때면 다가와 가만히 손을 잡곤 했는데 그럴 때마다 연호의 얼굴은 수심에 가득 차 있었다. 특별히 위로의 말을 건네거나 감정을 드러내지 않아도 연희에 대한 염려만큼은 충분히 전해졌다.

"죄송한 마음이 드는군요."

사람이 들지 않는 장례식장 한쪽에서 연호가 말했다. 연호의 손은 연희와 맞잡은 동안 어느새 같은 온도로 데워져 있었다. 연희는 연호를 바라봤다. 골똘히 생각에 잠겨 있던 연호가 말했다.

"이렇게 함께 있을 수 있는 것도 다 어머님 덕분이니까요." 쑥스러운 듯 연호는 웃었다.

"그게 죄송스럽습니다."

검게 가라앉은 연호의 눈동자를 보며 연희는 다행이라고 생각했다. 연호가 없었다면 지금 겪는 일들을 이렇게 간단히 해결할 수 없었을 것이다. 그리고 어머니에게 아무 일도 없었다면 연호와 함께 있을 수 없었을 것이다. 죽은 어머니를 생각하면 쓸쓸하고 슬펐다. 하지만 연호와 함께 있는 것은 그보다 더 행복하고 좋았다. 그거면 충분하지 않을까.

연희는 말없이 잡고 있던 손에 힘을 주었다. 비슷한 정도의 압력이 부드럽게 돌아왔다. 두 사람은 한참 동안 서로의 손을 마주 잡고 있었다.

상호가 찾아온 것은 장례식 둘째 날이었다. 저녁이었고 문상객은 거의 없었다.

연희는 멍하니 영전에 앉아 있었다. 연호는 입관을 끝낸 후의 뒤처리를 위해 자리를 비웠다. 제대로 잠을 자지 못해 몹시 피곤했다. 밤이 되면 조금 눈을 붙여야겠다고 생각하던 참이었다. 장례식장 입구에 들어서는 상호가 보였다. 목 뒤에 차가운 기운이 스치고 순식간에 잠이 달아났다. 연희를 발견한 상호는 길게 입을 찢어 웃었다. 상호는 성큼성큼 걸어와 연희 앞에 섰다. 술을 마셨는지 얼굴은 달아올라 있었고 숨을 뱉을 때마다 찌든 냄새가 났다. 은회색의 양복 상의를 팔에 걸치고 넥타이는 풀어헤친 모습이었다. 상호가 말했다.

"하나도 안 변했네."

그 말대로다. 아무것도 변한 것이 없었다. 연희는 여

전히 상호 앞에선 얼어붙고 만다.

딴청을 부리듯 주변을 두리번거리며 상호가 말했다.

"얘기 좀 하려고 왔어."

상호가 힐끔 연희의 눈치를 살폈다.

"너희 아버지 돌아가셨을 때도 못 왔고. 그, 왜 알잖아, 알다시피 상황이 좋질 못해서." 머리를 긁으며 상호가 말했다.

"사과도 하고 싶고, 그래서." 어릴 적의 실수를 부끄러워하듯 상호는 숫제 헛웃음을 흘리고 있었다.

시야가 흐려졌다. 새빨갛거나, 샛노랗거나. 어느 쪽이든 머리 꼭대기까지 뜨거운 것이 치솟아 올라왔다. 뭔가 말해야 하는데, 그러니까 분명 말하고 싶은 것이 있는데 무슨 말을 어떻게 꺼내야 할지 알 수 없고. 또 한 편으로 당장 이 자리를 피하고 싶었지만 돌처럼 굳어버린 몸의 어느 부위를 어떻게 움직여야 할지 도무지 엄두가 나지 않았다.

"일단은, 조용한 곳에서."

대답 없는 연희가 답답한 듯 상호는 팔을 뻗었다. 반사적으로 연희는 가슴께에 팔을 들어올리며 흠칫 뒤로 물러섰다. 연희의 반응에 상호는 겸연쩍은 듯 손을 물렸다. 말없이 연희를 바라보던 상호가 한숨을 쉬었다.

“너무한다.” 한 손을 뒷주머니에 넣고 삐딱하게 선 상호가 말했다.

“사과하려고 온 거야. 다 털어버리자고.” 상호가 고개를 푹 숙였다 들었다.

“그때 일로 말하자면, 솔직히 너도 잘못한 게 있잖아. 나는.” 마주 본 상호의 얼굴에는 서운함이 가득 묻어 있었다.

“서로 사과하고, 용서하고, 다 털어버리려고.”

서로, 사과하고.

서로, 말인가? 그러니까 연희도 사과해야 한다는 건가?

게다가 용서라니. 누가 누구를.

연희는 입술을 깨물었다. 몸에 힘이 들어가고 숨이 쉬어지지 않았다. 입을 벌려 가까스로 공기를 삼켰다. 상호는 어디까지나 무구한 얼굴로 연희를 바라보고 있었다. 무슨 대답을 할까. 아니, 대답이 필요할까? 지금 머릿속에 떠오르는 두서없는 말들을 아무렇게나 뱉는 것이 훨씬 낫지 않나. 아니, 말보다 그냥 저 말간 얼굴을 후려칠까. 아무리 손을 휘둘러도 그때를 돌이킬 순 없겠지만, 그래도.

자신도 모르게 주먹에 힘을 꽉 쥐었을 때, 등 뒤로 누군가 부드럽게 연희의 팔을 잡았다. 보지 않아도 연호라는 것을 알았다. 있어야 할 자리에 있는 것처럼 연호가 등 뒤에 서 있었다. 몹시 화가 난 얼굴일 것 같아 연희는 연호를 돌아볼 수 없었다. 잡을 때처럼 부드럽게 연희의 팔을 놓고 연호는 한 걸음 앞으로 나섰다.

상호는 앞에 나선 연호를 어리둥절한 눈으로 바라봤다. 이내 눈치챈 듯 상호의 얼굴이 일그러졌다. 눈썹이 험상궂게 올라가자 미간이 불룩하게 부풀어올랐다. 저 표정. 잊고 있었던 상호의 성난 얼굴을 다시 마주하자마자 연희의 등줄기엔 식은땀이 흘렀다.

"뭐야." 적의를 드러내며 연호를 올려다보던 상호는 연호의 등 너머에 우두커니 서 있던 연희에게 시선을 돌렸다.

"그냥 얘기 좀 하자고." 누구에게랄 것도 없이 상호가 말했다. 연호는 꿈쩍도 하지 않았다.

"다른 뜻 없고. 그냥 얘기 좀."

상호에게 더 가까이 다가간 연호가 슬쩍 목을 숙였다. 연호가 상호의 귀에 무어라 말했다. 느리게 움직이는 연호의 입 모양이 보였다. 불에 덴 것처럼 퍼뜩 상호는 뒤로 물러났다. 멍하니 연호를 바라보던 상호의 얼굴이 또 한 번 험악하게 일그러졌다. 고개를 숙인 채 상호는 알아듣지 못할 말을 몇 마디 중얼거렸다. 욕설일 거라고 연희는 짐작했다. 연희는 미동 없이 버티고 선 연호의 등을 봤다. 얼굴을 보고 싶었다. 어떤 표정인지, 그러니까 낙심하거나 실망한 것은 아닌지. 아무렇지 않거나 미소 짓는 것은 아니라도 최소한 평소와 같은 얼굴이기를 절실히 바랐다. 그러나 연호는 꼼짝도 하지 않았다.

한동안 연호와 연희를 번갈아가며 노려보던 상호의 얼굴이 묘하게 뒤틀렸다. 바닥에 침을 뱉고 상호가 돌아섰다.

"씨발, 사람 우습게 만드네."

인사처럼 상호가 말했다. 마지막 말만은 연희의 귀에 또렷이 맺혔다.

상호가 출구 쪽으로 사라진 뒤 연호가 돌아섰다. 어처구니없게도 상호와 다시 만난 순간보다 연호가 돌아서는 순간이 훨씬 더 아찔했다. 아무렇지 않을 거라는 믿음은 있다. 그러나 그 믿음만큼 뭔가 달라졌다면, 그렇다면 어떻게 해야 하나 불안했다.

연호의 얼굴에는 아무런 구김도 없었다. 화를 내거나 실망한 기색은 찾을 수 없었다. 하지만 웃음이나 염려 역시 묻어 있지 않았다. 똑바로 연희를 바라보던 연호가 얼굴께로 손을 들어올렸다. 연호의 손에는 하얀 봉투가 들려 있었다.

"펜 있나요?" 연호가 말했다.

펜. 홀린 것처럼 연희는 손으로 털어내듯 옷을 더듬었다. 검은 개량 한복에는 주머니가 붙어 있지 않았다. 연희는 고개를 저었다. 빤히 연희를 바라보던 연호는 고개를 숙이고 잠시 눈을 감고 있다 웃음을 터뜨렸다. 어린애 같은 웃음이었다. 아무런 그늘 없이 그저 장난기만 가득한.

"농담이었어요." 입고 있던 양복 상의에서 펜을 꺼내

건네며 연호가 말했다.

"몇 가지 서류에 서명을 해야 해요." 연호는 봉투에 들어 있던 서류를 펼쳐 설명한 후 연희가 서명해야 하는 자리를 가리켰다. 설명은 제대로 귀에 들어오지 않았다. 연희는 가리키는 대로 서류를 채워넣었다. 연호는 연희에게서 서류를 돌려받아 봉투에 넣었다.

연호의 눈에 가늘게 그어진 웃음을 보고 있으니 긴장이 풀렸다. 어질어질한 기분이 들었다. 중심을 잡으려 숨을 고르고 가볍게 머리를 흔들었다. 연호가 다가왔다. 조심스레 연희의 귀밑머리를 손가락으로 고르며 연호가 말했다.

"피곤하죠."

질문이라기보다는 짐작이나 염려에 가까운 말이었다. 굳이 대답할 필요도 없었다. 상호를 다시 만나는 것은 충분히 피곤하고 힘든 일이었다.

연희는 마음을 굳혔다. 연호에게 해야 할 말이 있다.

"들려줄 이야기가 있어요." 연희를 만지던 연호의 손이 멈췄다. 연희는 가만히 연호의 손을 포개어 잡았다. 연호가 고개를 끄덕였다.

"듣죠. 그런데." 연호가 주변을 둘러봤다.

"여기는 번잡하군요. 연희 씨도 쉬어야 하고." 잠시 생각하던 연호가 웃었다.

"적당한 곳이 떠올랐어요. 가죠."

연희와 포갠 손을 고쳐 잡고 연호는 걸음을 뗐다. 연호가 이끄는 대로 연희는 걸었다.

어머니가 쓰던 병실은 비어 있었다. 원래 쓰던 환자들은 외출했고, 새로 들어온 환자는 없었다. 병실 문을 열며 연호가 말했다.

"퇴원수속은 끝났지만 하루쯤 써도 괜찮겠죠."

병실은 어두웠다. 복도에서 새어들어온 불빛이 뿌옇게 병실 안을 밝히고 있었다. 며칠 전까지 어머니가 쓰던 침대는 깨끗하게 정리되어 있었다. 연희는 그 곁에 섰다. 연호가 연희의 안색을 살폈다.

"내키지 않는다면 다른 곳으로 갈까요?"

조용하고 아늑한 곳이었다. 어머니는 없었고 무척 피곤했다. 나쁘지 않았다. 연희는 고개를 저었다. 다행이라는 듯 연호가 웃었다.

"간호사에게 허락을 맡죠. 누워 있어요."

침대 맡의 스탠드를 켜고 연호는 병실을 나섰다.

연희는 어머니의 침대에 걸터앉았다. 새삼스레 어머니와 함께했던 시간들이 떠올랐다. 처음 병원을 전전하던 때. 그러니까 아직 그녀에 대한 애틋함이 남아 있던 시절. 그때는 어머니를 이해할 수 있었다. 아버지는 갑자기 죽었고 어머니는 준비되어 있지 않았다. 그때의 어머니는 어쩌면 정말로 아팠던 걸지도 모른다. 하지만 그 뒤에는?

노란 스탠드 불빛을 바라봤다. 익숙한 불빛이었다. 노랗게 바래진, 지겨운 불빛.

스탠드를 껐다. 어두워지자 참을 수 없이 몸이 노곤해졌다. 신을 벗고 누웠다. 어머니의 침대는 간병할 때 쓰던 간이침대와 비교할 수 없을 만큼 푹신하고 편했다. 금세라도 잠이 들 것 같았을 때 병실의 문이 열리고 닫혔다. 연호가 다가왔다.

누운 채로 연희는 연호를 향해 고개를 돌렸다. 한밤의 병원은 고요했고 어둠은 깊은 물처럼 두 사람 사이에 고여 있었다. 그림자처럼 연호는 검은 윤곽이 되어 있었다. 낮고 조용하게 연희는 숨을 쉬었다.
"까매요." 연희가 말했다.
"불을 켤까요?"
"아뇨, 그런 게 아니라." 연호 쪽을 향해 연희는 손을 뻗었다.
"보이지 않아요."
연호는 연희가 내민 손을 잡았다. 조심스레 연호가 연희의 손을 어루만졌다. 좀 더 가까이 연호가 다가왔다. 길고 차가운 연호의 손가락이 연희의 이마에 닿았다.
"이러면 어때요?" 연호가 물었다. 연희는 말없이 웃었다.
눈을 감았다 뜬 후, 연희는 잠꼬대처럼 입을 열었다. 그것은 아주 길고 컴컴한 이야기였다.

상호는 대학교 선배였다. 연희가 입학하던 해에는 군대에 가 있다가 2학년이 됐을 때 복학했다. 함께 듣는 수업에서 겨우 얼굴을 익혔을 무렵 상호가 식사를 제안했다. 연희는 별생각 없이 응했다. 학교 근처의 패밀리 레스토랑에서 밥을 먹던 중 상호는 연희에게 사귀고 싶다고 말했다. 어떤 전조도 암시도 없었던 돌연한 고백이었다. 연희는 생각할 시간을 청했다. 알겠어. 네 맘 이해해. 상호는 그렇게 대답했지만 말과는 달리 그날부터 줄곧 연희의 곁에 붙어 있었다.

저돌적인 상호의 접근에 연희는 당황했다. 하지만 특별히 그의 접근을 뿌리칠 명분도 없었다. 상호는 활발했고 적극적이었으며 연희의 마음을 얻으려 노력하는 것처럼 보였다. 가끔 감정적인 태도를 보이는 것이 마음에 걸리긴 했다. 연희가 자신의 기대와는 다른 반응을 보일 때마다 상호는 눈에 보일 만큼 동요했고 거칠게 항의했다. 너 왜 나를 우습게 만들어? 입버릇처럼 상호는 말했다. 내가 그렇게 우습냐?

겨우 스물을 넘긴 나이였다. 연희는 타인을 판단하거나 거절하는 데 서툴렀고 곁에 있는 사람을 믿었다. 감정적인 면을 제외하면 상호는 연희에게 자상한 편이었다. 어쩌면 가슴 깊은 곳에서는 상호의 그런 면을 열정의 증거로 이해했을지도 모른다.

물론 그가 마음을 흔들었던 때도 있었다. 좋았던 순간. 그를 아끼던 시절. 그랬기에 그와 몇 년간 그와 내밀한 시간을 보냈던 것이다.

그 후에 벌어진 일들이 그 모든 시절을 송두리째 앗아가기 전까지.

처음엔 장난스러웠다. 가볍게 팔을 꼬집거나 슬쩍 밀치는 정도. 상호는 자주 술을 마셨고 취했을 때면 가끔 힘 조절을 못했다. 멍이 남거나 길에서 넘어지거나 벽에 부딪힐 때가 있었다. 연희가 멍이 들거나 넘어져 다치면 상호는 무척 미안해했다. 제대로 사과조차 하지 못하는 상호를 보면 안쓰러운 기분이 들어 아무렇지 않은 척을 하기도 했다. 그것은 고의가 아니었고 연희는 상호의 그러한 불필요하고 부산스러운 행동을 이해해야 한다고 생각했다.

졸업할 무렵 연희의 취업이 결정된 후에도 상호는 번번이 시험에 낙방했다. 그때쯤 둘은 생활을 거의 함께 하고 있었다. 두 시간 거리의 집에서 통학하던 상호는 도서관에 갈 시간을 아끼겠다는 핑계로 연희의 자취방에 눌러살고 있었다. 상호는 부쩍 혼자 술을 마시곤 했다. 잔뜩 취한 날이면 상호는 괜히 연희의 행동을 트집잡아 신경질을 부렸다. 취업에 대한 스트레스일 거라고 연희는 이해했고 별다른 행동을 취하지 않았다.

취업이 결정된 친구들끼리 가벼운 술자리가 있던 날, 연희는 평소보다 늦게 집에 돌아갔다. 문 앞에 상호가 쭈그려 앉아 있었다. 왜 여기 앉아 있었어? 연희는 물었다. 무섭게 연희를 노려보던 상호는 대답 대신 연희의 손목을 움켜잡았다. 그대로 연희를 벽에 밀친 후 상호는 문을 열게 했다. 상호에게 붙들린 채 연희는 집에 끌려 들어갔다. 상호는 잔뜩 취해 있었고 연희는 겁에 질려 있었다. 둘은 정상적으로 대화할 수 있는 상태가 아니었다. 사실 제정신이었다고 해도 대화는 이루어지지 않았을 것이다. 마구잡이로 분노를 터뜨리며 벽과 바닥, 가구들을 손과 발로 두들기는 상호에게 할 수 있는 말은 없었다. 연희는 아무런 대꾸도 못하고 몇 시간가량 그 난동의 한복판에서 몸을 웅크린 채 주저앉아 있어야 했다. 잔뜩 꼬인 발음 때문에 제대로 알아들은 말은 거의 없었다. 몇 번인가 상호는 답답한 듯 연희를 붙잡고 흔들었다. 상호의 손이 닿은 모든 곳에 시퍼렇게 멍이 들었다. 손을 들어 구체적으로 때리지 않았을 뿐, 몸 구석구석 다치지 않은 곳이 없었다. 한참이 지나

술이 깬 후에야 상호는 가라앉았다. 잠자리에 들었을 때 상호는 연희에게 파고들었고, 연희는 그런 상호를 피하지 못했다. 잠자리에서조차 그는 몹시 거칠었다.

아침이 되었을 때 상호는 전날의 일을 전혀 기억하지 못한다고 말했다. 그는 거듭 사과했고 몹시 미안해했다. 연희가 그 일을 가볍게 여긴 것은 아니다. 다만 시기가 좋지 않다고 판단했다. 취업 문제로 가뜩이나 정신이 어수선한 상호를 더 괴롭히고 싶지 않았다. 반나절 정도 대화한 끝에 연희는 두 번 다시 난폭한 행동을 하지 않겠다는 약속을 받은 뒤 그와 저녁을 먹었다.

당연한 것처럼 비슷한 일은 반복됐고 정해진 것처럼 정도는 심해졌다. 처음 따귀를 맞은 것은 무엇 때문이었나? 처음 발길질을 당한 이유는? 몇 번이고 되짚어 생각해봤지만 연희는 떠올리지 못했다. 그만큼 계기는 사소했고 충격은 그 정도로 심했다. 한 번 맞은 뒤부터 맞는 일은 더욱 잦아졌다. 대부분은 상호가 취했을 때 벌어진 일이었고 다음날이면 사과가 이어졌다. 어떤 식으로든 상황을 바꿔야 한다는 인식은 있었다. 연희는 상호가 짐을 챙겨 집으로 돌아가기를 원했으나 상호는 받아들이지 않았다. 너 지금 나랑 헤어지려고 그러냐? 추궁이 돌아왔고 그날 밤에도 연희는 맞았다. 발작적인 구타가 끝나고 분위기가 가라앉으면 의례적으로 몸을 섞어야 했다. 상호는 그런 식의 동침을 일종의 화해로 여겼다. 화해, 또는 위로. 때린 자신에 대한 용서, 맞은 상대에 대한 봉사.

공포와 모멸감이 한계에 이르렀을 때 연희는 아버지에게 구타의 흔적을 들켰다. 아버지는 자상한 사람이었다. 더 캐묻지도 않고 그저 집으로 돌아오라고 했다. 연희는 아버지의 말을 받아들였고 상호에게 그 사실을 전했다.

집으로 들어가야 할 것 같아. 상호의 눈치를 보며 연희는 조심스레 말했다. 연희의 말을 들은 상호는 고개를 푹 숙였다. 달라지는 건 없어. 상호의 그런 태도가 두려워 연희는 말을 덧붙였다. 집이라고는 해도 서울에서 가깝고, 전철도 다니고. 한참 동안 상호는 아무런 대답도 하지 않다가 자기 몫의 열쇠를 남겨놓고 그대로 집을 나가버렸다. 허무하리만치 선선한 태도여서 당혹스러울 정도였다.

상호는 밤이 된 후에 돌아왔다. 잠긴 문 앞에서 상호가 문을 두드렸다. 이러지도 저러지도 못한 채 현관에서 떨고 있던 연희에게 상호가 말했다. 잠깐 얘기 좀 하자. 평소와는 달리 또렷한 말투였다. 술 먹은 거 아냐. 그냥 얘기만 좀 하고 싶어. 간절하고 공손하게 상호는 부탁했다. 연희는 도어체인을 걸고 문을 열어 상호의 안색을 확인했다. 상호는 취해 보이지 않았고 눈을 내리깐 표정은 무척 낙담한 것 같았다. 어쩌면 제대로 된 대화를 할 수 있을지도 모른다는 생각에 연희는 도어체인을 풀었다. 상호가 문을 열어젖혔다.

그때까지 연희는 상호의 폭력이 좋지 않은 술버릇 때문이라고 여겼다. 전부는 아니더라도 상당 부분, 그가 난폭한 행동을 하는 것은 급하게 많이 마시는 술 때문이라고. 상호 역시 그렇게 말했다. 술에 취했기 때문에, 전혀 기억이 나지 않는다. 그래서 술에 취하지 않은 상호가 자신을 때릴 거라고는 전혀 예상하지 못했다.

맨정신의 상호는 술에 취했을 때보다 더 철저하고 정확하게 연희를 때렸다. 상호는 주먹을 휘두르며 또렷한 발음으로 같은 말을 반복했다. 씨발년아, 넌 내가 우습지? 우스워? 이래도? 이게 우스워? 술 때문에 기억이 나지 않는다던 변명이 무색하도록 상호는 연희를 때리는 것에 능숙해져 있었다. 어설프게 손을 휘둘러 헛손질을 하거나 빗맞는 일은 없었다. 그날 밤의 폭력은 무척 효과적으로 작용했고, 연희는 쉬이 정신을 잃었다.

눈을 떴을 때 연희는 자기 앞에 고인 동그란 핏덩이를 봤다. 코에서 흘러내린 피가 누진하게 고여 있었다. 화끈거리는 얼굴을 손으로 쓰다듬어보려 했지만 두 팔은 등 뒤로 묶여 있었다. 묘하게 하체가 시원했다. 힘겹게 고개를 돌려 천장 쪽을 봤다. 상호는 거기 있었다.

밤이 지나고 날이 밝았을 때, 연희는 풀려나는 것을 포기했다. 바닥에 엉겨붙은 핏덩이를 멍하니 눈으로 좇으며 연희는 생각을 가다듬었다. 상호는 너무 멀리 가버렸다. 놓아줄 생각이라면 이렇게 하진 못할 것이다. 그렇다면 대체 어쩔 셈일까. 두려움이 닥치고 이가 딱딱 부딪칠 정도로 몸이 떨렸다. 상호에게 당할 수 있는 더 심한 폭력이 몇 가지 남아 있었다. 이미 충분할 만큼 많은 것을 겪었지만 이제부터 닥칠 일을 상상하니 정말로 끔찍한 생각이 들었다. 반쯤은 포기한 상태로, 그리고 반쯤은 얼이 나간 상태로 연희는 시간을 보냈다.

점심 무렵 상호는 연희의 어머니에게서 전화를 받았다. 연희의 행방을 묻는 어머니에게 상호는 천연덕스레 말했다. 연희요? 글쎄요, 잘 모르겠는데요. 네, 저도 연락이 안 되네요. 방에 굴러다니던 옷가지로 입이 막힌 연희는 가만히 상호를 눈으로 좇았다. 어머니와 통화하던 상호의 안색이 갑자기 변했다. 아, 네. 알겠습니다. 연희 보면 그렇게 말할게요. 전화를 끊은 후 상호가 연희에게 다가왔다. 연희는 피하려 했지만 묶인 몸은 말을 듣지 않았다. 그저 되는대로 몸을 굴릴 뿐이었다. 상호의 손이 닿았을 때 연희는 얼어붙었다. 상호가 묶여 있던 연희의 손을 풀어주었다. 겁에 질려 이리저리 눈을 굴리는 연희에게 상호가 말했다. 연희야, 너희 아버지 돌아가셨대.

사고였다. 전날 연희가 상호에게 맞고 정신을 잃었던 그때, 아버지가 차에 치인 것이다. 잔뜩 당황한 상호는 자신에게 맞아 제대로 걷지도 못하는 연희를 부축해 택시를 잡아 태웠다. 차가 출발할 때 연희는 상호를 봤다. 상호는 손을 흔들고 있었다. 그것이 연희가 본 상호의 마지막 모습이었다.

아버지의 죽음에 충격을 받은 어머니는 다친 연희에게 신경쓰지 않았다. 코가 부은 것을 제외하면 큰 상처가 없다는 것이 다행이었다. 어머니는 몇 번이고 발작처럼 울부짖다 정신을 잃었다. 경황없이 상을 치렀다. 상호는 찾아오지 않았다. 장례식을 마친 뒤에야 연희는 병원에 갔다. 늑골에 금이 가 있었고 다른 부위는 타박상이었다. 진단서를 뗀다거나 상호에게 책임을 물을 생각은 전혀 하지 않았다. 그저 상호를 피하고만 싶었다. 사람을 보내 자취방을 정리한 후 핸드폰의 번호를 바꾸고 대학교 때 알고 지내던 사람들과는 연락을 끊었다. 그대로 회사 생활을 시작했다.

모든 이야기가 끝났을 때 연희는 침대에 눕기 전보다 훨씬 지쳐 있었다. 몇 번인가 참을 새도 없이 눈물이 흘렀지만 겪었던 일을 모두 전할 순 있었다. 이야기를 듣는 동안 연호는 연희의 손을 놓지 않았다. 아주 가끔 이마를 쓰다듬거나 코끝을 손가락으로 더듬었지만 그나마도 이야기의 마지막에 이르러서는 조심스레 머리카락을 만질 뿐이었다. 한참 정적이 흘렀다.

"미안해요." 갑자기 연호가 말했다. 뭐라 답해야 할지 연희는 알 수 없었다.

"힘든 이야기를 하게 했어요." 연호의 손가락이 연희의 눈가에 닿았다. 연호는 연희의 눈가에 남은 물기를 닦았다.

"연호 씨 잘못이 아닌데요." 일부러 아무렇지 않은 목소리로 연희는 말했다.

"그렇다 하더라도 연희 씨가 괴로울 때 곁에 없었던 것은 변하지 않습니다." 손바닥으로 부드럽게 연희의 얼굴을 만지며 연호가 말했다.

"그걸 사과하는 겁니다. 비록 아무것도 달라지진 않겠지만, 그래도."

연희의 머리맡에 연호가 얼굴을 괴였다. 볼이 코에 닿을 만큼 가까운 거리였다. 규칙적으로 따뜻한 숨결이 닿았다 사라졌다.

"그리고 약속하죠." 잡고 있던 손을 자기 쪽으로 이끌며 연호가 말했다.

"두 번 다시 당신에게 괴로운 일이 없도록 할 겁니다."

연희의 손등이 연호의 볼에 닿았다. 축축한 느낌이

들었다. 연희는 연호 쪽으로 얼굴을 가까이 댔다. 아직 채 마르지 않은 물기가 옅은 불빛에 반짝이고 있었다.

"울었어요?" 연희가 물었다.

"그렇게 됐군요." 피식 웃으며 연호가 말했다.

"정확히 말해 거의 처음인 것 같습니다."

"울어본 게?"

"기억나는 가운데서는." 연호는 까딱 고개를 숙였다 들었다. "혹시 모르죠. 아주 어릴 적에는 형편없는 울보였는데 잊고 있었다든가."

"그럴지도 모르겠네요." 연희는 연호가 가져간 손으로 그의 얼굴을 만졌다.

"잘 울 것처럼 생겼어요."

"자주 들어요, 그런 얘기."

재채기처럼 웃음이 터졌다. 한참 동안 두 사람은 킥킥거렸다. 그리고 웃음이 멈췄을 때, 빨려들어가듯 연희는 연호에게 입을 맞췄다. 반쯤 몸을 일으킨 연희가 중심을 잃기 전에 연호가 그녀를 붙잡았다. 연희를 부축하듯 연호가 침대 위로 올라왔다. 둘은 각자의 부드러운 입술로 서로의 얼굴을 더듬었다. 뜨겁고 말캉한

혀가 연희의 입속에 들어왔다. 연희는 눈을 감았다. 그리고 연호에게 팔을 둘러 그를 자기 쪽으로 이끌었다.

연호는 그림자 같았다. 가끔 연희는 연호를 그런 식으로 느꼈다. 그늘 속에 숨은 사람. 환한 웃음 뒤에 가려진 음영의 얼굴. 불안과 초조 속에 더듬어나가는 새카만 어둠의 감촉.

그러나 입을 맞춘 순간. 연희는 그가 온통 빨갛게 물든 것 같았다. 만지면 흉터가 되는 타오르는 불. 누구도 가보지 못한 열대 어딘가, 향기로운 독초에서 피어난, 피처럼 선명한 꽃.

연희는 연호의 어깨를 짚었다. 어깨와 팔과 가슴을. 연희의 손길을 따라 연호 역시 연희를 더듬었다. 손과 팔을, 그리고 머리를. 오른쪽 머리 쪽에서 이물감이 느껴졌다. 연희가 머리에 달고 있던 상장이 연호의 손에 걸렸다. 연호의 움직임이 멈췄다.

하지만 연희는 멈추지 않았다. 입을 맞춘 채 검은 상복의 옷고름을 풀고 저고리를 벗었다. 하얀 어깨가 드러났다. 연호가 연희의 뒤로 팔을 둘렀을 때 연희는 허리를 둥글게 들어올렸다. 연희가 연호의 셔츠 단추를 하나씩 끌렀다. 부드럽게 혹은 거칠게, 서둘러 혹은 천천히, 연호는 이전엔 손댄 적 없었던 연희의 몸 곳곳을 손바닥에 새기듯 만졌다. 연호의 혀가 연희의 귓속에 들어왔다. 혀를 굴리며 낮게 연호가 연희를 불렀다. 대답하듯 연희는 손가락을 연호의 입안에 넣었다. 검은 치맛자락 아래 길게 뻗은 연희의 다리를 연호가 쓰다듬었다. 연호의 입술이 다리에 닿았다. 무릎과 허벅지와 그리고 더 안쪽으로. 숨결이 닿을 때마다 연희는 차라리 눈을 감았다. 배 아래에 따뜻한 것이 퍼지고 이내 등줄기가 짜릿했다. 두 사람은 알몸이 되어 서로의 몸을 핥았다. 몸을 움직일 때마다 어머니가 누웠던 침대가 삐걱거렸다. 누구도 멈추지 않았다. 연호가 느리게 들어왔을 때, 연희는 그의 목덜미를 움켜잡았다. 연호가 입을 맞췄다. 연희는 그의 입술을 깨물었다.

잔뜩 달아오른 나의 사람. 무엇과도 바꿀 수 없는 붉은, 나의 연인.

"마지막으로 울었던 때가 언제예요?"

차분히 땀이 식을 무렵 잠이 덜 깬 목소리로 연희가 물었다. 연호는 말없이 발치에 밀린 얇은 이불을 연희의 가슴께로 끌어올렸다. 둘은 서로에게 매달리듯 살을 맞대고 있었다. 맨살의 감촉은 아직 따뜻했다. 그 느낌이 다른 무엇보다 좋았다. 손끝으로 연희의 입술을 더듬으며 연호가 말했다.

"열 살, 아니면 열한 살. 기억나는 건 그때가 마지막이에요."

"왜 울었어요?"

뭔가를 헤아리듯 연호는 허공으로 시선을 옮겼다. 연호가 숨을 골랐다.

"어릴 적에 집에서 개를 키웠어요. 아주 큰 개에 비하면 작고, 작은 개에 비하면 큰, 영리하고 건강한 개."

연호의 말에 귀를 기울이며 연희는 손끝으로 그의 가슴을 만졌다. 낮지만 또렷하게 연호가 말을 이었다.

"집에 돌아와 평소처럼 개하고 놀고 있었어요. 마당을 같이 뛰어다니고 장난감 같은 물건을 멀리 던지면 개가 주워오는 식이었죠. 그런데 갑자기 녀석이 마구 짖기 시작했어요. 무서울 정도로 사납게 나를 향해 짖다가." 연호는 한쪽 손으로 무언가를 콱 움켜잡는 시늉을 해 보였다.

“나를 물더군요.” 연호가 피식 웃었다.

“끔찍하게 아팠어요.”

“아무 이유도 없이, 갑자기?”

연호는 고개를 갸웃거렸다.

“확실하진 않아요. 어쩌면 내가 화나게 했을 수도 있고, 녀석을 아프게 했을 수도 있죠. 몇 번이고 그 녀석이 왜 그랬던 건지 생각해봤지만 도무지 기억이 나질 않아요.” 가만히 연호가 고개를 저었다.

“지금은 이해해요. 가끔 그런 일이 일어나죠. 이유 없이 누군가에게 물리거나 누군가를 무는 일. 특별히 누가 잘못해서라든가 누가 나빠서가 아니라 그냥 걷다가 넘어지는 것처럼 물리고, 무는 일. 개가 나를 문 것도 아마 그런 거겠죠.”

연희는 가만히 연호를 바라보다 입을 열었다.

“어디를 물렸어요.”

“팔. 아니, 손이었던가? 확실하지 않아요.” 천장 쪽으로 곧게 팔을 들어 보이며 연호가 말했다.

“아픈 건 곧 지나갔고, 흉터도 남지 않았거든요. 사실은 오른손인지 왼손인지도 모르겠어요.”

들어올린 연호의 손을 향해 연희도 팔을 뻗었다. 허공에서 손을 잡고 연희는 물었다.

"개에게 물렸을 때가 마지막으로 운 거였어요?"

맞잡은 손을 연호가 흔들었다.

"아니요. 물렸을 때는 울지 않았어요. 녀석이 사라졌을 때 울었습니다."

연호는 천천히 손을 내려 연희의 가슴에 올렸다.

"나를 물고 나서 녀석은 그대로 대문을 빠져나가 도망쳤어요. 다른 건 기억이 희미하지만 녀석의 뒷모습을 보며 했던 생각은 선연합니다. 이대로 가는 거야? 나만 남겨두고? 너무하잖아. 그러자 비로소 울음이 터지더군요." 연호는 씁쓸하게 웃었다.

"개를 본 건 그게 마지막이었습니다. 나를 물고 도망치던 뒷모습. 다른 건 몰라도, 흔들리던 꼬리만큼은 눈에 선합니다."

한참 동안 둘은 아무 말도 하지 않았다.

"알 것 같아요." 연호의 가슴에 머리를 파묻으며 연희가 말했다.

"개가 왜 사라졌는지."

연호가 연희의 머리를 손바닥으로 쓰다듬었다.

"아마 미안해서 그랬을 거예요." 팔을 둘러 연호를 안으며 연희는 말했다. "왜 물었는지는 몰라도, 아프게 한 게 미안해서. 아마도 그래서, 도망친 거예요."

멍하니 연희를 바라보던 연호가 미소 지었다.

"그런 식으로 생각해본 적은 없는데." 연호가 천천히 고개를 끄덕였다.

"정말로 그런 거라면 좋겠군요."

연희의 이마에 입을 맞추고 연호가 몸을 일으켰다. 바닥에 떨어진 상의를 향해 연호가 팔을 뻗었다. 뭔가를 주워든 후 연호는 침대 밑으로 내려가 연희 쪽으로 몸을 돌렸다.

"천천히 이야기하려고 했지만 더 미루고 싶지 않군요."

연호가 손에 쥔 것을 내밀었다. 작은 상자 안에 반지가 담겨 있었다. 연희는 몸을 일으켰다. 수줍은 듯 살짝 고개를 숙이고 연호가 말했다.

"이대로 연희 씨를 남겨두는 것은 싫으니까요."

병실의 살풍경한 사물들은 음영만을 남기고 있었다.

눈앞에 보석이 박힌 반지가 밤하늘의 별처럼 조그맣게 빛을 내고 있었다. 방금 전까지 후끈하게 풍겨오던 서로의 살내음은 자취를 감추고 어디선가 소독약 냄새가 나는 것만 같았다. 그 냄새는 어쩐지 몹시 쓸쓸하고 우울하게 여겨졌다.

다른 어느 때보다 확실히, 연희는 자신의 처지를 깨달았다. 이제 연희는 완전히 홀로 남겨진 것이다. 가족도, 변변한 친구도 없다. 오직 연호만이 연희가 가진 전부였고, 그 전부는 다른 무엇보다도 충분했다. 다른 도리가 없었고, 실은 그것만이 그녀가 원한 모든 것이었다. 그러니 다른 답이 있을 수 있을까.

연희는 왼손을 내밀었다. 연호는 상자에서 반지를 꺼내 조심스레 연희의 손가락에 끼웠다. 깊이 숨을 들이쉬고 내쉰 후, 연희가 말했다.

"좋아요."

7

필요한 건 선택뿐이었다.

장례식이 끝나자 연희는 연호의 집으로 들어갔다. 전에 살던 집을 내놓고 회사에는 사표를 제출했다.

곧 산더미 같은 카탈로그가 연희 앞에 쌓였다. 신혼살림을 차릴 새집과 그 집에 들어갈 가구들. 가전제품과 옷과 장신구들. 일상과 여가에 필요한 도구들. 전에는 미처 생각해보지 못한 다양한 재화의 사진이 일목요연하게 정리되어 연희 앞에 놓였다. 연희는 시간을 들여 꼼꼼히 물건을 골랐다.

신혼살림을 결정하는 한편 결혼식 준비를 했다. 그리 멀지 않은 시기에 날짜를 잡았기 때문에 서둘러 결혼식의 형태와 규모를 결정해야 했다.

“원한다면 바닷가에서 맨발로 하는 결혼식도 괜찮아요.” 골똘한 표정으로 예식장을 고르는 연희에게 연호는 장난스럽게 말했다.

“예물은 조개껍데기 같은 걸로 하고.”

“나는 그래도 상관없는데 연호 씨는 아니잖아요. 부를 사람도 많고.” 예식장의 카탈로그를 뒤적이며 연희가 말했다. 외국에서 살고 있다는 연호의 부모를 처음으로 만나는 날이기도 했다. 간단히 준비할 순 없었다.

“다른 사람들이 얼마나 오든 무슨 상관이에요. 연희 씨가 편한 게 우선이지.” 당연하다는 듯 눈을 크게 뜨고 연호가 말했다.

헛웃음이 나왔다. 저 남자에게는 가끔 저런 구석이 있다. 어린아이처럼 주변의 다른 문제들을 도무지 신경 쓰지 않는다.

“알아서 할게요.” 연희는 말했다.

연희는 끈질기게 많은 것을 골라냈다. 연호는 연희의

선택을 거스르지 않았다. 연호는 연희가 작성한 리스트 대로 집을 구하고 그 집을 채울 가구를 샀다. 연희가 선택한 커튼을 걸고 벽지를 바르고 연희가 고른 옷을 입었다. 연호는 연희가 원하는 그 무엇이라도 구해올 수 있었다. 어떤 면에서 그것은 아주 값비싼 장난처럼 여겨지기도 했다. 매우 간편하면서도 호화롭고 사치스러운 인형놀이.

하지만 그 안에서 느껴지는 충족감은 단순한 놀이와는 비교할 수도 없었다. 그것은 인생의 양상을 결정하는 일이었다. 원하는 것들을 언제든 구할 수 있다는 것은 원하는 자신이 될 수 있다는 의미였다. 이전에 해본 적 없었던 무수히 많은 선택들을 해나가는 동안 연희는 그 사실을 충분히 실감했다. 무엇이든 원하는 대로. 아직 모르는 선택들이 있을 뿐, 원하는 것이 무엇이든 그대로 될 수 있었다. 살아가는 동안 얼마나 더 많은 것을 알게 될까. 그리고 새로 알게 된 것들은 자신을 어떻게 만들어줄까. 연호를 만나기 전에 연희는 모르는 것들이 두려웠다. 지금은 다르다. 모르는 것들이야말로 연희에게 짜릿한 흥분을 안겨주었다. 그러니 다가올 모든 내

일이 연희에게는 설레는 일이었다.

그리고 그 모든 설렘을 넘어서는 충만함이 있었다.

가끔 잠이 든 연호를 남겨놓은 채 연희는 어두운 침실에 오도카니 깨어 있었다. 발아래 가득 피어난 알록달록한 도시의 불빛을 바라보면 자신이 하늘 위에 떠오른 것 같은 기분이 들었다. 나쁘지 않은 기분이었다. 하지만 동시에 쓸쓸하고 무서워지기도 했다. 이렇게 둥둥 떠오르다 갑자기 떨어지면 어쩌나. 저기 어둡게 입을 벌린 도시 한복판으로 힘을 잃고 곤두박질친다면. 그런 기분이 들면 연희는 잠이 든 연호의 손을 잡았다. 익숙한 손가락의 마디를 어루만지고 있노라면 나쁜 예감은 순식간에 흩어졌다. 좀 더 정확히 말해 연호의 손을 잡으면 나쁜 예감은 더 이상 나빠지지 않았다. 이 남자는 떨어지지 않을 것이다, 따위의 얄팍한 판단이 아니다. 이 남자와 함께라면 떨어져도 상관없다. 연희는 그렇게 여겼다. 어딘가 부서지거나 망가져도 좋다. 이 남자는 어느 순간에라도 자신의 곁에 있어줄 것이고, 자신 역시 그렇게 할 것이다. 그럴 수만 있다면 무슨 일이 일어난다 해도 상관없다. 잠이 든 연호의 가슴에 귀를 대고 그의 고동소리를 들을 때마다 연희는 그렇게 확신했다. 그 확신에 비하면 지금의 넉넉함이나 미래의 예감 같은 것은 하잘것없었다. 그 점이 다른 무엇보다 만족스러웠다.

물이 흐르는 것처럼 결혼식 날짜가 다가왔다. 어머니의 입원 이후로 가까이 지내는 친척은 없었다. 딱히 부를 만한 친구도 없었기에 연희는 직장의 동료들과 장례식 때 찾아온 의례적으로 아는 사람들만 초대했다. 연희가 하객이 부족할 것을 걱정하자 연호는 쾌활하게 말했다.

"신경쓸 필요 없어요. 내 쪽의 하객은 부르지 않아도 올 사람들이니까."

묘하게 수긍이 가는 말이어서 연희는 하객을 걱정하는 것은 그만두었다.

유나를 부르는 문제는 고민스러웠다. 함께 만났던 날 이후로 유나는 더 이상 연희를 괴롭히지 않았다. 전화도 문자도 없었다. 심지어 어머니의 장례식 때도 오지 않았다. 뭔가 마음이 상한 걸 거라고 연희는 짐작했다.

게다가 유나는 연호를 따로 만나려고까지 했다. 그런 사람을 더 이상 신경 쓸 필요가 있을까? 내심 연희는 유나와의 인연이 끝난 것을 다행스럽게 여겼고 더 솔직히는 두 번 다시 그녀를 보고 싶지 않았다. 연희는 유나에게 결혼 소식을 알리지 않았다.

문제는 보영이었다. 그녀만큼은 꼭 부르고 싶었다. 하지만 스페인으로 떠난 뒤 보영의 연락은 딱 끊겨 있었다. 몇 번인가 보영의 번호로 전화를 해보기도 했다. 보영의 번호는 정지되어 있었다. 떠나기 전 당분간 바쁠 거라며 자리가 잡히면 연락하겠다는 얘기를 듣긴 했다. 연희는 보영이 떠났던 시기를 가늠했다. 채 석 달이 지나지 않았다. 너무 많은 일이 한꺼번에 벌어졌다. 어쩌면 아직 연락할 여유가 없을지도. 그래도, 그녀는 꼭 불러야 하는 유일한 사람이었다. 회사 사람을 통해 보영의 집 전화번호와 주소를 얻었다. 집으로 전화하면 스페인의 연락처를 얻을 수 있을지도 모르지만 그렇게까지 하고 싶지는 않았다. 떠날 무렵 보영은 가족과 소원해져 있었다. 보영이 곤란해질 수도 있었다. 결국 연희는 보영의 집에 청첩장만 보냈다. 가족과의 관계가 나아졌다면 자신의 소식이 보영에게 전해질 수도 있었다. 하기야 결혼식에 부르고 싶은 것은 연희의 욕심이었다. 더 좋은 때, 더 기분 좋게 만날 수 있을 거라고 연희는 스스로를 다독였다.

결혼식 날은 아침부터 부산했다. 식을 주관하는 업체의 인도에 따라 연희는 몇 번에 걸쳐 화장을 하고 그들이 입혀주는 드레스를 입었다. 그나마도 최대한 간소한 과정으로 선택한 것인데도 대기실에 앉았을 무렵에는 녹초가 되어 있었다.

몸이 좋지 않았다. 처음 겪는 과정에 쫓기느라 지쳐 있기도 했지만 마침 생리가 시작된 참이었다. 알싸한 아픔이 퍼져나가고 있었다.

식장에 도착하자마자 연호는 손님들을 맞기 위해 분주히 움직였고, 연희 역시 대기실로 인사 온 사람들을 맞이하느라 정신이 없었다. 연호의 부모님은 공항에서 곧바로 오는 중이었다. 비행기가 연착된 모양이었다. 식이 끝난 후에 제대로 인사를 드려야 했다.

통증이 점점 심해지자 연희는 시중을 드는 직원에게 진통제를 부탁했다. 굵은 알약을 평소보다 많이 삼켜야

했다. 차가운 물이 목을 넘어가자 코와 이마에 찡한 기분이 돌았다. 연희는 등받이 없는 의자에 앉아 허리를 펴고 천장을 향해 고개를 들었다. 문득 멍한 기분이 들고, 속이 메슥거렸다. 곁에 서 있던 직원이 걱정스럽게 참견해왔다. 괜히 신경쓰게 하고 싶지 않았고, 직원의 참견도 귀찮았다. 연희는 직원에게 잠시만 나가달라고 부탁했다. 직원은 필요한 것이 있으면 부르라며 호출기를 남겨놓은 후 대기실의 문을 닫고 나갔다.

홀로 남은 연희는 가만히 대기실을 둘러봤다. 넓고 화려한 대기실은 온 사방이 꽃으로 장식되어 있었고 길게 매단 천은 바닥까지 어지럽게 널려 있었다. 부른 친구가 적어 다행이었다. 친구들로 가득 차 있었다면 무척 답답했을 것이다. 연희는 가만히 숨을 골랐다. 진통제의 효과가 도는지 먹먹한 기분이 들었다. 참을 수 있을 거라고, 연희는 생각했다.

그때 누군가 대기실에 들어섰다. 보영이었다.

"맙소사." 어깨에 멘 가방을 내려놓으며 보영이 탄성을 질렀다.

"진짜였어?"

믿어지지 않는다는 듯 보영은 몇 번이고 눈을 감았다 떴다. 믿어지지 않는 것은 연희도 마찬가지여서 벌어진 입이 다물어지지 않았다.

"어떻게?" 자신도 모르게 연희는 물었다.

"어떻게는 무슨? 집으로 청첩장 보냈잖아. 엄마한테 연락했더니 알려주더라고. 딱 나흘 전에 알았어. 부랴부랴 비행기 잡아타고 바로 날아왔다고. 이게 도대체 무슨 일이야."

연희의 볼을 쓰다듬으려는 듯 손을 뻗던 보영은 순간 정신을 차리고 겨우 손을 멈췄다. 기가 막힌다는 듯 보영은 연신 웃음을 터뜨렸다.

"진짜야? 자기, 진짜로 결혼한다고?"

놀라움이 가시자 반가움이 솟았다. 한껏 웃으며 연희는 고개를 끄덕였다.

"덕분에 그렇게 됐어요."

"덕분?" 보영의 얼굴에 잠시 의아한 표정이 스쳤다 사라졌다.

"아무튼 이게 무슨 일이야, 대체. 마지막으로 본 지

세 달도 안 됐잖아. 그사이에 무슨 일이 있었던 거야."

"그러게요. 저도 이럴 줄은 몰랐어요."

"여기는 또 뭐야? 너무 화려하잖아. 그리고." 주변을 두리번거리며 감탄하던 보영이 연희를 바라봤다.

"자기 너무 예쁘다. 까무러치겠어, 정말. 대체 누굴 어떻게 만나고 다닌 거야?"

반가움과 기쁨에 연희는 보영이 하는 말을 제대로 알아듣지 못했다. 보영은 연희 앞에 놓인 의자에 앉았다. 보영이 말했다.

"난 또 한참 걱정했잖아. 그때 소개해준 사람도 그렇게 되고."

여전히 연희는 알아들을 수 없었다.

"출국하기 전에 핸드폰을 잃어버렸거든. 그래서 자기 번호가 날아가서 한동안 연락을 못했어. 도착한 다음엔 결혼식이다 뭐다 정신이 하나도 없는 거야. 그래서 몇 번이고 사과해야 된다는 생각은 있었는데 도무지 기회가 나질 않더라고. 그게, 자기한테 연락하려면 회사에 전화를 해야 하는데 그것도 여의치 않고."

사과,라는 말이 귀에 들어왔다. 사과라니? 무슨 말일

까. 보영이 사과해야 할 일이 뭐가 있다고. 오히려 감사해야 하는 것은 연희 쪽인데.

"아무튼 흐지부지 시간이 가다 보니 이렇게 된 거야. 자기가 오해할 순 있겠다 싶었지만 그건 나중에 차분히 설명하자고 생각했고."

호들갑을 떠는 보영 앞에서 연희는 그저 미소 짓고 있었다. 소식을 듣자마자 달려와준 보영이 그저 고마웠다. 그런데 뭔가 마음에 걸리는 것이 있다.

다시 한번 연희를 위아래로 훑어보던 보영이 웃음을 터뜨렸다.

"근데 그 사람 참 재수도 없다. 자기 이렇게 예쁜데, 만날 기회를 놓쳤어."

그래, 그 사람. 아까부터 말하던 그 사람은 대체 누구지?

"자기 번호 준 사람 있잖아." 재밌는 소식을 전하듯 보영이 말했다.

아, 그 사람. 그 사람이라면 아주 잘 알고 있다. 연희는 말없이 미소 지었다.

그때 대기실의 문이 열렸다. 대기실의 크기에 맞춘

아주 커다란 문이었지만 의외로 소리 없이 움직였다. 연호가 들어섰다. 갑자기 찾아온 보영을 보라는 듯 연희가 환하게 웃었다. 연호는 고개를 끄덕였다. 웃는 얼굴로 연호는 손가락을 세워 입술에 댔다. 조용히 하라는 뜻이었다. 장난이라도 치려는 모양이었다.

자기 이야기에 빠진 보영은 신이 나서 말을 이었다.

"그 사람, 번호 받은 다음날 아침에 출근하다가 강도한테 머리를 맞았대. 한 달인가 병원에 있었다지 뭐야."

등 뒤로 연호가 대기실의 문을 닫았다. 그리고 손을 움직여 문이 잠갔다.

"지난달에 갑자기 메일을 보냈더라고. 업무 관계로 알고 지낼 때 쓰던 메일이었는데, 어찌나 하소연을 하던지 말야. 지갑이고 뭐고 도둑맞은 건 그렇다 쳐도, 핸드폰을 잃어버려서 자기한테 연락도 못하고 넘어갔대." 보영이 깔깔거렸다.

"그 사람이 지금 이 모습 보면 얼마나 억울할까. 이렇게 예쁜 신부를 놓친 거잖아."

연희는 연호에게 정신이 팔려 보영의 이야기에 귀를 기울이지 못했다. 연호가 천천히 검은 예복 상의를 벗었다.

“자기, 표정이 정말 좋아졌다.” 한숨을 돌리듯 보영이 웃었다.

“정말 행복해 보여.”

수줍게 웃으며 연희는 고개를 숙였다. 장난이라도 치려는 듯 연호는 오른손을 뒤로 숨기고 보영에게 다가갔다.

“신랑이 누구야?” 보영이 물었다.

“뭐 하는 사람이야?”

어처구니없는 말이었다. 연희는 풋, 웃음을 터뜨렸다. 뭐 하는 사람이냐니, 그게 무슨 말이지?

연호가 보영의 등 뒤에 섰을 때 비로소 보영이 눈치챘다. 뒤를 돌아본 후 흠칫 놀란 보영이 말했다.

“누구세요?”

뭔가 더 말하려는 듯 보영이 몸을 일으켰다. 다음 말은 할 수 없었다.

연호는 왼손으로 보영의 입을 막고 감췄던 손을 치켜들었다. 몸에 익은 것처럼 간결하고 재빠른 움직임이었다. 은색의 실과 같은 섬광이 보였다 사라졌다. 보영의 목에 가는 줄이 빨갛게 번졌다. 피가 쏟아졌다. 보영의 입을 틀어막고 있던 연호가 손을 뗐다. 돌로 된 조각상처럼 둔탁한 소리를 내며 보영이 쓰러졌다. 연호는 대기실에 장식된 널린 하얀 천을 끌어와 쓰러진 보영 위에 덮었다. 보영의 상반신이 하얀 천에 가려졌다.

연호는 목에서 피를 콸콸 쏟는 보영을 넘어 연희 곁으로 다가왔다. 보영이 앉았던 의자에 연호가 앉았다. 연호는 무릎에 팔꿈치를 괴고 두 손을 늘어뜨렸다. 그제야 연희는 연호의 오른손에 들려 있는 것을 봤다. 얇은 과도가 들려 있었다.

연희는 가쁜 숨을 쉬었다. 헉헉거리는 연희에게 연호가 말했다.

"소리를 지르면 사람이 올 거예요." 한숨을 쉬며 연호가 말했다.

"그래도 좋다면 그렇게 해요. 하지만." 연호는 똑바로 몸을 세우고 연희를 바라봤다.

"그 전에 잠깐 이야기를 했으면 좋겠어요."

"무슨 짓이에요."

잔뜩 갈라진 목소리가 연희의 입에서 새어나왔다.

"본 그대로."

연호가 슬쩍 손을 펴 보였다. 의자 뒤에 보영이 누워 있었다. 하얀 천 아래로 보영의 다리가 보였다. 연희는 아무 말도 할 수 없었다. 가만히 연희를 들여다보던 연호가 천천히 고개를 숙였다. 이윽고 결심한 듯 연호가 말했다.

"선택해요." 연호가 얼굴을 들었다. 딱딱하게 굳은 얼굴에는 복잡한 심경처럼 미묘한 그늘이 드리워져 있었다. "우선 첫째." 연호가 손가락을 하나 세워 보였다. "비명을 질러요. 여기 모인 사람들이 다 들을 수 있도록 크게. 사람들이 모이면 문을 열겠어요. 혼란스러워지겠지만 그래도 경찰이 올 겁니다. 그럼, 그대로 잡혀갈게요. 그리고 숨김없이 답하고 벌을 받겠습니다."

남의 일을 이야기하듯 차분한 태도였다.

"그런 것이 싫다면." 연호는 두 번째 손가락을 들었다. "그냥 이대로 나가 자취를 감추겠어요. 내가 사라지면 사람을 불러요. 경찰에게 그동안 겪은 일과 눈으로 본 것을 말하면, 그들은 나를 쫓겠죠. 나는 온 힘을 다해 도망칠 겁니다. 그리고 두 번 다시 당신 앞에 나타나지 않겠어요."

처분을 기다리듯 연호는 들었던 손을 무릎에 내려놓고 연희를 바라봤다.

"이게 뭐예요." 가까스로 연희가 말했다.

"밖에 사람들이 가득한데 이러면 어떻게 해요. 게다가." 누워 있는 보영을 봤다. 보영은 미동도 없었다.

"보영 언니잖아요. 우리가 만날 수 있었던 게 누구 덕분인데."

연호는 가만히 연희를 들여다보다 천천히 고개를 저었다.

"그렇지 않아요." 연호가 허리를 세웠다.

"그녀가 당신에게 남자를 소개해주겠다고 했던 날을 기억하나요?"

연희는 고개를 끄덕였다. 보영이 떠나기 전날 밤, 마지막으로 만났던 때. 보영은 남자에게 자신의 번호를 줬다고 했고 다음날 연호에게서 연락이 왔다. 연호와 만난 뒤 몇 번이고 그날을 되새겼다. 무척 운이 좋았다고, 아니 인생에서 가장 다행스러운 순간이었다고 생각했다.

"그녀가 소개해주기로 한 남자는 제가 아닙니다."

주변의 소리가 순식간에 싹 가시는 것 같았다. 잠시 침묵이 흘렀다.

"그날 당신과 그녀가 헤어지고 난 뒤에, 나는 그녀의 뒤를 밟았습니다." 천천히 눈을 감았다 뜬 후 연호가 말했다.

"그녀의 주의가 소홀해진 틈을 타 핸드폰을 훔쳤죠. 문제될 건 없었습니다. 그녀는 다음날 한국을 떠나기로 되어 있었으니까. 그녀의 핸드폰을 뒤져 두 사람의 번호를 알아냈습니다. 당신과," 연호는 손을 들어 정중하게 연희를 가리켰다.

"당신을 소개받은 남자의." 손을 내려 무릎 위에 모으고 연호는 말했다.

"남자의 번호로 그에 대해 알아냈습니다. 제가 고용한 사람들은 그런 일에 아주 능숙합니다. 주소와 생김새를 알아내어 그의 집 앞에서 기다렸다가 그가 출근하는 길에," 연호는 잠시 말을 고르다, "핸드폰을 가져왔습니다." 하고 얼버무렸다.

침묵이 흘렀다.

"연호 씨가 아니었다고요?"

연호는 고개를 끄덕였다.

"대체 왜?" 몸을 앞으로 기울이고 연희가 물었다. 목소리가 약간 높아졌다.

"그냥 만날 수도 있었잖아요. 그냥, 내게 다가와서 말을 걸거나. 굳이 핸드폰을 훔치거나 누구를." 다음 말은 차마 이을 수 없었다.

"그러지 않아도, 연호 씨라면, 나는."

"그랬을까요?" 되묻듯 연호는 목을 틀었다. "그때 내가 연희 씨 앞에 나섰다면 연희 씨는 받아들였을까요?"

연호를 만난 뒤로 연희는 달라졌다. 이전의 자신이 어땠는지 도무지 기억이 나지 않을 정도로 많이. 하지만 그것은 그를 만난 뒤의 일이다. 보영의 소개가 아닌 다른 방식으로 그가 다가왔다면 어찌 됐을지 연희는 알 수 없었다.

"대체 왜?" 연희는 같은 질문을 반복했다.

"왜?"

"제게 왜 그런 거죠? 소개받은 게 아니라면, 어디에

서 저를 보고."

"보지는 못했습니다. 연희 씨가 저 여자와 만나던 날, 나는 연희 씨의 등 뒤에 앉아 있었습니다."

침묵이 흘렀다.

"유나 씨와 만나던 날 기억하나요?"

돌연 연호가 물었다. 연희는 고개를 끄덕였다.

"그때 대답한 대로입니다." 연호는 말을 이었다.

"처음엔 그러니까 목소리였죠." 연호는 눈을 내리깔았다.

"조심스럽고 신중한 사람이란 걸 알았습니다. 그리고 쓸쓸하고 외로운 사람이라고. 아주," 노래 부르듯 연호가 미소 지었다.

"사랑스럽고 소중한 사람이라고."

어이없게도, 연희는 가슴이 뛰는 것을 느꼈다. 이런 순간에도, 이런 순간조차.

그리고 뒤따르듯 나쁜 예감이 찾아들었다.

"유나." 연희는 예감을 입에 올렸다. 연호의 입가에서 미소가 사라졌다.

마음을 굳힌 듯 연호는 연희를 바라봤다.

"언젠가 말한 적 있죠? 당신에게 거짓말하지 않는다고." 다짐하듯 연호가 말했다. "나는 당신에게 거짓말을 한 적이 없고, 앞으로도 하지 않을 거예요."

굳이 입 밖으로 내지 않아도, 연희는 연호의 그 말을 믿었다. 그는 거짓말하지 않는다. 적어도 자신에게는. 연호가 입을 열었다.

"우리가 함께 만난 직후, 유나 씨의 주변 사람들은 유나 씨의 번호로 문자를 받았습니다. 기분 전환이 필요해서 여행을 떠난다는 내용이었죠." 뜸을 들이듯 숨을 고르고 연호는 말을 이었다.

"그 여행은 아주 길고 결정적이어서 두 번 다시 돌아오지 못합니다." 연호의 까만 눈동자에는 미동도 없었다.

"말도 안 돼." 탄식처럼 연희는 중얼거렸다.

"그게 대체 어떻게."

"괜찮습니다. 책임감이 없는 사람이었으니까요. 그 증거로 사라진 지 몇 달이 지났지만 누구도 유나 씨를 찾지 않습니다. 회사는 어차피 퇴사하기로 되어 있었고, 몇 안 되는 친구들은 모두 가벼운 사이였습니다."

"하지만 유나의 가족들은."

"유나 씨는 가족들과 사이가 좋지 않았습니다. 연락을 끊은 지 이 년이 다 되어가죠. 가족 중 유나 씨가 사라졌다는 것을 아는 사람도 없습니다."

"약혼자는."

"일 관계로 가끔 만나곤 합니다. 유나 씨의 문자를 준구 씨는 이별 통보로 이해했습니다. 새 여자친구를 소개해줬죠. 무척 만족하는 것 같더군요. 게다가." 연호는 몸을 앞으로 기울였다.

"연희 씨 역시 마찬가지입니다." 다시 몸을 세우며 연호가 말을 이었다. "연락이 오지 않는 것을 의아해하지 않았지요. 결혼식에 부르지도 않았고요. 어떻습니까? 그녀가, 그립기라도 합니까?"

연희는 대답하지 않았다. 그것은 대답과 다름없었다.

"유나는 왜?" 새삼스럽다고 생각했지만 연희는 물었다.

"연희 씨를 모욕했으니까."

간결한 대답이었다. 그러나 다른 어느 때보다도 연호의 표정은 무겁게 가라앉아 있었다.

"대체 얼마나, 연희 씨에게 상처를 줬을까요." 연호는 무릎에 올린 손을 가볍게 벌렸다. "그 하잘것없는 자의식을 충족시키기 위해, 얼마나 많이. 그런 일들을 생각하면." 손바닥을 들여다보며 연호가 말했다.

"너무 간단하게 끝낸 것 같기도 합니다."

심한 피로가 몰려들었다. 그것이 방금 전 일어난 일 때문인지, 연호의 고백 때문인지, 아니면 유나를 떠올렸기 때문인지 연희는 알 수 없었다.

"언제 그런 거죠?"

"함께 만난 날 새벽입니다. 유나 씨가 전화를 걸어왔죠. 준구 씨에게서 제 명함을 받았다고 하더군요. 받았다기보다는 훔쳤을 겁니다. 묻지 않은 이야기를 실컷 하더군요. 더 참을 수가 없었습니다."

그래서는 안 된다고, 그럴 필요 없다고 생각하면서도 연희는 유나에게 새삼 분노를 느꼈다. 새벽에, 전화를 해서, 자신의 치부를 연호에게 들려주었단 말인가.

"무슨 얘기를 하던가요?"

망설이듯 연호가 시선을 돌렸다. 그 태도에서 연희는 유나가 전한 말을 짐작할 수 있었다.

"상호에 대한 이야기였습니다." 간단하게 답하고 연호는 입을 닫았다.

이상할 정도로 머릿속이 차분했다. 만나기 전부터 연호는 상호에 대해 알고 있었던 것이다.

"그 사람도?"

의외로 연호는 고개를 저었다.

"그 사람은 간단히 넘어갈 수 없죠." 냉랭한 말이었다.

"죽는 것보다 더 심한 꼴을 당하고 있습니다. 아마 알고 싶지 않을 겁니다."

대답을 들은 순간 믿을 수 없게도, 연희는 기분이 나아지는 것을 느꼈다. 어이없고 당황스러운 일이었지만 정말로, 가슴 한구석이 개운해지는 것 같았다.

물어볼 필요 없을지도 모른다고 생각하면서도 연희는 다시 입을 열었다.

"어머니도?"

연호는 천천히 고개를 끄덕였다.

"어머니는 불행한 사람이었습니다." 연호는 두 손으로 얼굴을 쓰다듬었다.

"그리고 주변의 누구든 자신의 불행에 끌어들이고 싶

어 했죠." 연호가 연희를 응시했다.

"그렇게 놔둘 순 없었습니다."

"설득한다고 했잖아요." 원망하듯 말했지만 연희 역시 알고 있었다. 어머니는 설득되지 않았을 것이다.

연호는 연희의 물음을 피하지 않았다.

"했습니다." 연호는 손바닥을 봤다.

"그날 밤 연희 씨와 통화할 때, 나는 병실 복도에 있었습니다. 전화를 끊은 뒤 시간을 들여 천천히 설득했습니다." 잠시 말을 멈췄다가 연호는 덧붙였다. "베개를 이용했죠."

"들키면."

"들키지 않습니다. 병원장과 가까운 사이가 되었으니까요. 설사 부검으로 간다 해도 문제없었을 겁니다."

연호가 몸을 폈다. 고개를 들고 숨을 가다듬은 후 연호가 말했다.

"많은 것이 해결됐다고 생각했죠. 저 여자가 나타나기 전까진 말입니다." 슬쩍 보영을 향해 곁눈질하며 연호는 말을 이었다. "식장에 들어서는 저 여자를 보자마자, 연회장에서 이걸 챙겨왔죠." 손에 든 과도를 향해

본 후, 연호는 연희에게 눈을 돌렸다.

"연희 씨에겐 뭐든 이해시킬 수 있다고 생각했습니다. 시간이 필요할 뿐, 무엇이든 이해시킬 수 있고, 이해해줄 거라고. 하지만 저 여자는 다릅니다. 그녀를 이해시킬 순 없습니다." 연호가 고개를 저었다.

"그건 무의미합니다."

둘은 서로를 마주 봤다. 그러다, "맙소사." 한숨처럼 연호가 말했다.

"정말 아름다워요." 연호는 지그시 눈을 감았다 떴다.

"결혼식이 시작되기 전에 신부를 보면 좋지 않다고 해서 일부러 피했는데." 연호의 눈썹이 살짝 일그러졌다 제자리로 돌아왔다.

"결국 이렇게 됐군요."

연호가 힘없이 웃었다.

"당신을 돕고 싶었어요." 연호는 고개를 들어 허공을 봤다. 대기실의 노란 조명이 쏟아져내리고 있었다. 빛 아래에서 시를 외듯, 연호가 말했다.

"그것뿐이었습니다. 당신에게 도움이 되고 당신을." 목에 뭔가 걸린 듯 말을 잇지 못하다, "행복하게 하고."

연호는 겨우 입을 열었다.

"꽤 유능하다고 생각했죠." 연호가 살짝 어깨를 으쓱거렸다. "유능하고 쓸모 있다고." 순식간에 바람이 빠진 것처럼 연호의 몸이 움츠러들었다.

"나는 갖고 싶은 것을 쉽게 가져왔습니다." 허공을 어루만지듯 연호는 한쪽 손을 가볍게 벌렸다.

"그저 선택의 문제라고만 생각했죠. 고르고, 손을 뻗으면, 무엇이든 가질 수 있다고." 탈색된 것처럼 텅 빈 얼굴로 연호가 웃었다. "하지만 그거 아나요? 진짜 갖고 싶은 것은, 내가 가질 수 없는 겁니다. 오직 그런 것만이 진짜로 갖고 싶은 것이 되죠. 갖고 싶은 것, 잃어버린 것." 연호는 손바닥을 들어, 아주 정중하게 연희를 가리켰다. "내 것이 아닌 마음, 나보다 소중하게 이루어진 당신의 삶. 그런 것들에 비하면." 고개를 젓고, "다른 것은 정말 아무것도 아닙니다."

문득 연희의 가슴 한구석에서 스산한 기운이 올라왔다. 아무것도 아니라는 말은 견디기 힘들었다. 그런 말을 듣는 것은 몹시 괴로웠다.

"많은 것을 선택했죠." 연호가 중얼거렸다.

"당신을 위한 선택이라고 여겼으니까. 그런데 왜 이렇게 됐을까. 어디서부터 틀어진 건지, 도무지." 느리게 연호는 고개를 저었다.

어디서부터 틀어진 건지 연희는 곱씹었다. 선택이란 말이 걸렸다. 그러고 보니, 연호를 만나기 전에 연희는 변변한 선택을 해본 적이 없었다. 무엇을 택해야 할지 알 수 없었고, 애초에 선택할 것이 없었다. 연희는 주어진 그대로 살아왔다.

놀란 나머지 얼이 나갔는지 평소와 다른 생각이 떠올랐다. 어쩌면 지금 벌어진 모든 일은 그 대가가 아닐까? 아무것도 선택하지 않은 대가. 많은 사람들이 죽고 사라지는 일들. 그 모두가 어쩌면 연희 스스로 아무것도 택하지 않았기에 벌어진 것은 아닌지. 잠깐 스쳤던 생각은 사라지고, 재촉하듯 연호가 말했다.

"이제 선택하세요."

핏기 없는 말간 얼굴이었다. 이 와중에도 연호의 목소리는 연희에게 믿을 수 없이 부드럽고 달콤했다. 연호가 손가락을 하나 세웠다.

"이대로 잡혀가라고 하면, 그렇게 하죠."

뒤따르듯 두 번째 손가락이 올라왔다.

"사라지라고 하면, 그 또한 그렇게 하죠."

연희는 연호를 바라봤다. 진심이구나. 연희는 알 수 있었다. 이 남자가 한 이야기는 모두 진심이다. 잡히겠다는 것도, 혹은 사라지겠다는 것도.

"다른." 평소와는 확연히 다른, 목소리로 연호가 덧붙였다.

"다른 선택도 있어요."

어느새 연호의 손에는 다시 과도가 쥐여 있었다.

"그래도 어쩔 수 없다면, 그렇게 할게요. 지금 여기에서, 나를 벌주고 싶다면, 그저 말하세요. 그럼, 당장 그렇게 하죠. 하지만." 텅 빈 얼굴로 연호는 눈을 감았다 떴다.

"당신을 만나지 못하는 것보다 더 심한 벌은 내겐 없습니다. 그에 비하면 당장 내 목을 찌르는 일 같은 것은 쉽죠."

시야가 온통 빨갛게 멀어졌다. 뾰족한 분노가 온몸에 훅 끼쳤다. 잡혀가거나, 사라지거나, 아니면 죽게 되더라도. 그러니까 두 번 다시 만나지 못해도, 저 사람은 그래도 좋은 건가.

"빌어먹을." 연호가 중얼거렸다.

"이제 나도 알 것 같아." 몸을 숙이고 손바닥으로 눈을 문지르며 연호가 말했다.

"왜 그 개가 도망쳤는지, 이제 알아."

연호가 몸을 떨고 있었다. 끓어오르던 화가 차갑게 식었다.

이 남자를 어떻게 하면 좋을까. 자신에겐 믿을 수 없이 선량하고 공손한 이 사람을. 자신을 위해 사납고 난폭한 선택을 피하지 않는 이를. 능숙하게 보영의 목을 긋던 연호가 떠올랐다. 말하지 않았을 뿐 다른 무서운 짓도 얼마든지 해왔을 것이다.

그런 사람이, 지금 눈앞에서 몸을 떨고 있었다.

연희는 눈을 감았다. 만난 뒤로 한참, 많은 일들이 지나갔다. 무엇을 택해야 할지 알 수 없는 것이 연희의 삶이었지만 지금 이 순간, 다른 무엇과도 비교할 수 없는 중요한 선택이 연희 앞에 도사리고 있었다.

비로소 연희 역시 알았다. 개가 떠났을 때 연호의 기분을.

선택이 떠올랐다.

연희는 연호 곁으로 다가갔다. 연호가 얼굴을 들었다. 둘은 눈을 맞췄다.

"신혼여행에 가져갈 짐은 어디 있죠?" 연희는 물었다. 멍하니 연호가 연희를 바라봤다.

"여기 사람들이 맡아두고 있을 거예요. 식이 끝나면 차에 싣겠죠." 홀린 듯 연호가 대답했다.

연희는 쓰러진 보영의 주변을 살폈다. 상반신에 덮은 천 위에 빨갛게 피가 배어나오고 있었다. 천을 덮어놓은 것이 다행이었다. 바닥에 얼마나 피가 흘렀는지는 알 수 없지만 닦아낼 수 있을 것이다.

"가서 트렁크를 하나 비워 와요." 연호를 보며 연희가 말했다.

퍼뜩 정신을 차린 듯 연호의 표정이 돌아왔다. 연호가 몸을 일으켰다. 문을 나서는 연호에게 연희가 물었다.

"사람들에겐."

"연희 씨 몸이 안 좋으니 들어가지 말라고 일러두죠." 연호가 말을 받았다.

문을 열다 말고 연호가 돌아봤다. 주저하다 "고마워

요." 하고 연호가 말했다.

연희는 고개를 저었다. 얼어붙은 듯 연호는 연희를 바라봤다. 마주 보는 동안, 연호는 비로소 정말로 해야 하는 말을 알았다.

"사랑해요." 다시 연호가 말했다. 연희는 표정이 녹는 것을 느꼈다.

"사랑해요."

연희의 말을 들은 후 연호는 문을 나섰다.

연호가 가져온 트렁크에 보영의 몸을 담았다. 그리 어렵지는 않았다. 트렁크는 컸고 연호는 능숙하게 그녀의 몸을 접었다. 문제는 바닥의 피였다. 둘은 대기실에 걸린 천을 걷어 핏자국을 지워나갔다. 드레스가 거치적거린다고, 연희는 생각했다. 이럴 줄 알았으면 더 단순한 디자인을 택하는 건데.

연호 부모님의 지각이 좋은 핑계가 되어주었다. 사회자의 설명을 들은 하객들은 예식이 지연되는 것을 흔쾌히 받아들였다. 덕분에 대기실을 정리할 시간을 벌 수 있었다. 핏자국을 말끔히 닦아냈을 때 부모님이 도착했다. 여러모로 행운이었다.

트렁크를 여행 짐 사이에 놓아두고 두 사람은 직원들의 안내를 받아 식장에 들어설 준비를 했다. 둘은 함께 입장하기로 되어 있었다. 한껏 몸을 움직인 직후였다. 화장이 번지지 않을까 걱정이 될 정도로 땀이 흘렀다. 둘은 서로의 모습을 확인했다. 연희는 연호의 옷매무새를 잡아주었고, 연호는 앞쪽에 살짝 헝클어진 머리를 만졌다. 기묘한 쾌감. 나쁜 장난을 성공적으로 마쳤을 때와 같은 기분이 들었다. 연희는 풋, 하고 웃었다. 당황스러운 표정으로 연호가 돌아봤다. 그 모습이, 귀엽다는 생각이 들어 다시 한번 연희는 웃음을 터뜨렸다. 황당한 듯 연호 역시 따라 웃었다.

행진곡이 울리고, 문이 열렸다. 팔짱을 끼고, 둘은 식장으로 들어섰다. 눈이 부신 조명이 연희와 연호에게 쏟아졌다. 가슴이 뛰는 것을 막을 수가 없었다. 참으려 해도, 참을 수 없이 웃음이 터져나왔다. 환하게 웃는 얼굴로 두 사람은 식장에 섰다.

선언문을 읽고 축가가 흐르는 동안, 연희는 연호를 흘깃 바라봤다. 턱 아래에 자그마한 핏방울이 튀어 있었다.

사회자가 신랑과 신부에게 키스하라고 말했다.

입을 맞추며, 연희는 연호의 턱에 묻은 핏방울을 닦아냈다. ■

작가의 말

이 순간이 제일 어렵다. 소설에 대해 남은 말을 쓸 때. 많은 말을 써보진 못했지만 그래도 알고 있다. 이제 몇 줄의 말을 맺고 나면 나는 이 소설에 대해 속수무책이다. 그 무엇도 손을 쓸 수 없다. 어쩔 수 없다고 생각한다. 내게 남은 말은 이제 인사말뿐이다.

인사는 혼자로도 충분하다. 이별이 혼자 하는 것이듯, 어떤 말들은 하지 않는 편이 더 낫다. 그러므로 이쯤에서 말을 그만둬도 좋을 텐데.

그래도 모처럼 말할 수 있게 됐으니 몇 마디 덧붙이

겠다. 부끄러운 짓을 하고, 후회하는 게 나의 가장 큰 단점이다.

이 소설은 로르카의 연극 〈피의 결혼식〉을 보고 난 후에 쓰기 시작했다. 특별히 그 작품과 연관성은 없고, 그냥 그걸 본 후부터 쓸 수 있게 됐다. 처음 내가 지은 제목은 조금 다른 것이었다. 쓰는 동안 한참 늦어서 많은 분들을 괴롭히고야 말았다.

많이 늦었지만, 쓰는 내내 무척 즐거웠다. 결말 부분의 경우, 처음의 의도와는 전혀 다른 방식으로 끝내게 됐다. 뜻하지 않은 글을 적어내리게 되는 것이야말로 이 일을 하는 동안 만날 수 있는 가장 큰 즐거움이다.

누군가 소설을 쓰는 일과, 그 소설을 당신이 읽는 일은, 그 자체로 무척 괜찮은 일이라고 믿고 있다. 그런 마음조차 없다면 소설가를 할 수 있을 리 없고, 어떤 소설이든 당신이 끝까지 읽을 수 있을 리 없다.

이 소설은 이제 내겐 속수무책이고, 남은 것은 당신의 몫이다. 책임을 미루는 것 같아 조금 미안하지만, 그래도 당신이 좋아해주었으면 좋겠다. 그런 바람으로 썼다. 좋아지지 않는다면, 그것은 내 잘못이다. 잘못인 줄 알면서도 부끄러운 짓을 하고, 후회하는 게 나의 단점이다.

고마움을 전하자면, 모두에게 끝도 없이 말해야 하기 때문에, '나일 거야'라고 확신하거나, '혹시 나인가?'라고 생각하거나, '나한테까지 왜?'라고 생각하는 분들 모두에게 감사한다. 직접 다정하게 말하고 싶었지만, 그동안에는 쑥스러워서 도무지 할 수가 없었다. 그러니 이 기회에.

고마워요. 덕분에, 겨우.

음, 아무래도 이런 말을 한 것도 후회할 것만 같다.

2015년 9월

이영훈

연애의 이면

1판 1쇄 발행 2015년 9월 29일
개정 1판 1쇄 발행 2024년 4월 2일

지은이 · 이영훈
펴낸이 · 주연선

(주)은행나무

04035 서울특별시 마포구 양화로11길 54
전화 · 02)3143-0651~3 | 팩스 · 02)3143-0654
신고번호 · 제 1997—000168호(1997. 12. 12)
www.ehbook.co.kr
ehbook@ehbook.co.kr

ISBN 979-11-6737-404-2 (03810)